QV

Käppen Möhlenbeck seine Ärgernisse

Gerd Lüpke
erzählt schon wieder
feuchte Geschichten

Quickborn-Verlag

2. Auflage 1987

ISBN 3-87651-102-X

Umschlagzeichnung und Zeichnungen
im Text: Kurt Schmischke
Autorenfoto: Horst Rix, Nordenham
Gesamtherstellung: Clausen & Bosse, Leck
Printed in Germany

INHALT

FERNSEHN

Käppen Möhlenbeck saß mit seine Freunde Steuermann Behrens un Fiedi Hagedorn, Spirituosen en gros un en detail, – da saß er mal wieder mit an seinen Stammtisch in den feinen Vareler Museumskrug, den »Schienfatt«. Anne Wände hing die ganze Geschichte von früher man so was rum – aufe Borten Schiffsmodelle – un auf den großen runden Stammtisch unter der ollen Petroleumlampe stand der Magonikasten mit den allgemeinen Tabak. Käppen Möhlenbeck rekelte sich son büschen in seinen Kaptänsstuhl, den die annern ihm als sone Art Denkmal hingestellt hatten un wo er man allein in sitzen darf, indem es sonst 'ne Runde köstet. Gastwirt Hollje hatte seine Stammgäste mit alles versorgt, was'n Mann an son Stammtisch braucht: Bier, Akkervit un Buletten – un er hatte all paarmal laufen müssen. Das war nötig, indem Möhlenbeck von einen befreundeten Kaptän, welcher ganz frisch verstorben war, was geerbt hatte: das Modell von einen alten Dampfer, wo sie beide auf gefahren hatten un welcher »Else Beckmann« hieß. Nu hatten die drei Kerls all männig einen Schluck getrunken auf den alten Kaptän un das alte Schiff, denn wieder auf das alte Schiff un den alten Kaptän – ümmer schön umschichtig. Denn aberst hatten sie die »Else Beckmann« aufe Anrichte neben den Stammtisch gestellt.

Als das Bier nachgetankt war, fragte Hagedorn: »Hast dir gestern auch das Fußballspiel in'n Fernsehn angekuckt, Möhlenbeck?« Der schüttkopfte man: »Nee!

Fußball kuck ich nich. Ich muß mir denn bloß argern. Wenn einer den annern so recht mit alle Kraft aus'n Weg geschubst hat, denn pfeift son Kerl in'n schwarzen Anzug auf seine Batteriepfeife, un der, welcher beis Schubsen gewonnen hat, der muß den Ball wieder hergeben. Nee, die sollten man jeden von die Kerle, die da auf den Platz rumwimmeln, jeden einzeln sollten sie son Ball geben. Un den Mensch in seinen Traueranzug auch einen, dasser was zu tun hat. Denn kömmt erst Ruhe in son Spiel!«

Das meinte Behrens auch, un da sagte Hagedorn nix mehr. Möhlenbeck aber kratzte sich anner Backe: »Überhaupt Fernsehn ... Ich hab mir annerletzt mal was angekuckt, das spielte auf son Kreuzfahrtdampfer, welcher ja eigens gar kein richtiges Schiff is. Ich wußt nich, sollt ich da nu über lachen oder weinen. Die redten aufer Brücke mitanner, als wenn se ümmerzu bei 'ne Hochzeitsfeier wärn. Wenn ich als Kaptän so gered't hätte, denn hättense mich für gewiß krankgeschrieben. Un wenn mein Erster so wie der auf den Musikdampfer mit Dauerwellen angekommen wär, ich glaub, ich hätt ihn mit meine eigenen Hände die Haare geschnitten. Total ab nehmlich!«

»Soll ja vorkommen«, ließ Behrens sich da vernehmen, »daß bei welche Menschen die nasse Luft auf See, welche ja dauernd übere Wellen liegt, daß die auch Dauerwellen inne Haare macht.«

»Haben wir denn vielleicht Dauerwellen inne Haare?« Möhlenbeck war richtig büschen böse, un Behrens wiwakte mit seinen Kopf: »Wir sind nu ja auch schon

länger an Land, Möhlenbeck. Un bei dir würd das woll auch sowieso nich mehr gehn.«
Der Käppen gnurrte erst, aberst denn fing er wieder an: »Ich mag sowieso das olle Fernsehn nich. Was ein sich da an argern kann, das is ja nich aufer Trompete zu blasen. Allein all die gräsigen Nachrichten. Un denn die Kerls, die einen da ümmer aus ankucken. Wirst ja richtig verlegen bei – je nachden wasse machst, mein ich. Erika kuckt mir ja auch männigmal so stur an – aber das is wenigstens meine Schwester! Nee, nee, Fernsehn, das is rein nix für mich. Fernsehn, das is ...«
In denselbigten Moment kam einer vonne annern Gäste an den Stammtisch, machte 'n klein Diener un sprach: »Entschuldigen Sie, mein Name ist Krauthuber ...«
»Das macht garnix!« sagte Möhlenbeck auf seine freundliche Art.
Der annere kuckte erst büschen verbaast, aber denn machte er weiter: »Es ist nämlich so, Sie werden verzeihen, aber ich habe mir all die Schiffsmodelle angesehen, die ja sehr interessant sind. Die stehen nun aber alle in einem Glaskasten. Nur das eine Modell hier auf dem Schrank, das hat keinen Kasten. Ist das vielleicht etwas ganz Besonderes?«
Behrens un Hagedorn kuckten nu den Käppen an. Der sagte den Gast, er sollt man sitzen gehn, un dabei fingen seine Augen an zu blänkern. Seine beiden Stammtischbrüder aber wußten: nu brät er den Quittje einen über! Das machte er doch mal zu gern. Un Möhlenbeck lehnte sich denn auch in seinen Stuhl zurück, paffte paar grausame Wolken aus seine olle Tabakspfeife un nick-

köpfte mit große Bedeutung: »Das Modell is wirklich ganz was Besonneres, Herr Krauthobel!«
»Krauthuber!«
»Entschulligen Sie man, Herr Kraulhuber ... Tja, das is nu so: dieses Schiff steht hier erst seit heute abend, un ich hab es mitgebracht, indem ich da beinah mit kollidiert wär. Ich saß nehmlich gestern abend vor meinen Fernsehkasten, un da war was in von 'n Rotesand – von den schönsten Leuchtturm, den wir haben. Na, ich wurd da rein büschen traurig bei, weil se den ja aus'n Register streichen wollen, un mußt büschen mehr Akkervit haben. Muß ich ümmer, wenn ich das mitte Gefühle krieg ... Hollje! 'ne Runde Akkervit! ... Also ich kuck so in den Billerkasten rein, un da kömmt doch von Backbord her son oller Dampfer ins Bild gefahrn, richtig son Seelenverkäufer, Grieche. Was der nu aus'n Ruder gelaufen war oder was der Kerl aufer Brücke mit Ouzo vollgelaufen war, ich weiß es nich. Zuminnst dreht der Dampfer so verrückt ein, dasser genau mit'n Bug auf mich zugeht – un hält den Kollisionskurs auch! Ich komm ja nich aus'n Sessel hoch so schnell – der Dampfer rammt die olle Scheibe vorn an den Fernsehkasten – un mit'n gewaltigen Schwall von Wasser un'n donnerhaftigen Knall schießt der Dampfer raus aus den Kasten auf meinen neuen Teppich. Süh, un nu steht er da aufer Anrichte.«
»Dann ist es ja ein Wunder, daß Sie nicht ertrunken sind«, sagte Herr Krauthuber un verzog keinen Muskel in sein Gesicht. Aber da konnt er Möhlenbeck nich mit imponieren. Der sah ihn lange an un meinte: »Sie sollten

man mal die Gezeitentabelle lesen, Herr Krautheber! Da fiel nehmlich grade Ebbe, un so kam garnich so viel Wasser nach. Nee, das hat meine Schwester bald aufgefeudelt gehabt. Man bloß, daß ich nu paar Möwen inner Stube hab.«

Steuermann Behrens konnt sich nich halten: »Sag mal, Möhlenbeck, is dir dabei nich auch noch'n Killerwal aufe Dielen geglitscht?«

Aberst das mußte Möhlenbeck ablehnen. Er kuckte Behrens mit großen Vorwurf an, zog seine Augenbrauen so hoch als es man ging un sagte mit sehr strenge Stimme: »Killerwal am Rotesand? Sowas gibt es ja garnich! Un du solltest das wissen, Behrens! Fang du hier nich an mit Seemannsgarn! Wir wollen ja doch, wenn wir Besuch an'n Tisch haben, ümmer schön bei der Wahrheit bleiben!«

Da fiel Gastwirt Hollje das Tablett mit vier Akkervit ausser Hand, un das passiert man ganz, ganz selten.

ÄRGERNIS MIT'N RADIOWECKER

Käppen Möhlenbeck kam vonner Reise zurück inne Küche zu poltern, gnurrte man »Moin!«, schmisse Mütze auf'n Haken un kuckte seine Schwester Erika an. Die kuckte wieder, nickte mit'n Kopf un sprach: »Nu geh man sitzen, Gerd, un denn erzähl eben, wie das war aufer Insel Sylt.«

Der Käppen ließ sich auf'n Stuhl sacken: »Sonne hat geschienen.«

Erika wollt das aber genau wissen: »Un dein Freund mit seinen Schiff? Nu hast doch mal wieder Planken untere Füße gehabt!«

Möhlenbeck schlug mitter Hand durche Luft: »Planken! Ischa alles Blech un Plastik heute! Un das Schiff is eigens garkein Schiff. Fährt da mit son Ding zwischene Inseln rum. Achtern'n Luk für Autos un sowas – veerkantigen Mors, mußt di mal vörstellen! Un der Schornstein sitzt in'n Mast! 'n Mißgeburt is sowas, aberst kein Schiff!«

Erika kuckte ihn scharf an: »Das hast ihm doch woll nich gesagt?«

»Warum nich? Ischa wahr!«

»Du hast'n Talent, die Leute vor'n Kopp zu stoßen!« schüttkopfte Erika, »Da sollten se dir'n Orden für geben! Was hat Kaptän Renken da denn zu gesagt?!«

Möhlenbeck gnurschte: »Nix! Das isses ja! Nich mal streiten kannst dich mit den Kerl! Na ja, hat ja auch bloß Patent A 3. Un das langt auch dägt aus, wenner da in'n Watt zwüschene Inseln die Maischollen platt fährt mit seinen Schlickrutscher!«

»Un das hast ihm auch noch gesagt?«
»Konnt ich nich. Da warer schon aufgestanden un weggegangen.« Erika hatte ganz große Augen: »Bist du denn garnich mit ihm nach Amrum gefahren?«
Ihr Bruder wurde bei kleinen rot ins Gesicht: »Meinst, ich wollt mir den mallen Dampfer un das dummerhaftige Gesicht von Renken stundenlang ankucken? – Ich bin büschen spazierengegangen, 'n langen Strand habense ja auf Sylt. Wenn da meist auch bloß Kerle mit'n Feinkostgewölbe an rumliegen ...«
»Feinkostgewölbe? Was is das denn?«
»Das is'n Bauch, Eka Möhlenbeck! 'n Pilsgeschwür, kannst auch sagen. Aber ab un an sind ja auch ganz nette Deerns dabei ...«
Das war keine Musik in Erika ihre Ohren: »Da solltest du man lieber nich nach kucken!«
»Kucken kost nix, Eka! Un wenn die Deerns denn nachher ihren Kurs übere Promenade steuern, denn meinst glatt, die müssen sich anziehn, wenn se wieder nach'n Baden gehn. So wenig haben sie denn auf ihren menschlichen Leibe.«
Da mußte Erika nu erst recht gegenan: »Schäm dich was, Gerd Möhlenbeck! Son ollen Knast un ... Sag mal, was kuckst du eigentlich ... Wo hast du die große Beule an deinen Achterkopp her?«
Der Käppen kuckte büschen beiseite: »Das kömmt von die ollen verdammten Laternen, die se da aufe Promenade gestellt haben. Bin ich gegengelaufen.«
»Gegengelaufen? Un denn 'ne Beule an'n Achterkopp?«

»Ich hab mich doch ümmer so doll umkucken müssen.« Erika nickköpfte: »Nache Deerns. Un da bist bei gegen'n Laternpfahl gelaufen! Das schad't dir nix, garnix!«
»Menschenskind!« kam Möhlenbeck hoch, »Du hast'n Gemüt als son Schlachterhund! Ich renn mir meist den Brägen ein – un du sitzt da un grinst!«
»Hättst dich nich umgekuckt, hättst nu keine Beule! Ich kuck ja auch nich hintere jungen Kerls her.«
»Kannst von mir aus gern tun.«
»Du hast ja deinen Klug nich! Un – sag mal, was fehlt dir eigentlich? Du gnatterst hier was rum, machst'n Gesicht als son – son Dackel, den se aufe Pfoten getreten haben. Hast nich genug Bier gekricht?«
Das aberst zog ihr Bruder sich nich an. Er strich sich man übern Bauch: »Bier satt – un Akkervit auch.«
»Na, was is denn anners?«
Möhlenbeck hatte wüterige Augen: »Das is wegen den ollen dummerhaftigen Radiowecker!«
Nu kam Erika hoch: »Was?! Du hast dich da doch so über gefreut, als du ihn zum Geburtstag gekricht hast! Un is ja auch so billig! Für 69 Mark. Un so klein! Kannst doch man so inne Tasche stecken. Un Kalenner is da an! Un Radio kannst mit hören!«
Der Käppen holte tief Luft: »Jawoll, Bremen un Hamburg! Un in Bremen habense ümmerzu Politik – un bei'n NDR isses noch gräsiger – da is ›Musik für junge Leute‹! Ischa kein Wunner, daß die Jungs rammdösig wern, wennse ümmer son Krach un Radau hörn müssen. – Un was ein für Zeit verquaast mit son Radiowek-

ker! Das ischa aufe Trompete is das ja nich zu blasen!«
Erika verstand garnix: »Woso denn Zeit verquaasen?«
»Den ganzen Abend hab ich an den ollen Ding gesessen! Erstmal allein der Zettel, wo draufsteht, was ein alles machen muß. Un mit sone kleinen Buchstaben, daß ein die knapp erkennen kann. Allein bein Lesen is mir der Schwitz man ümmer so ausgehaun! Un als ich es denn konnt, hab ich das Datum eingestellt, – da wußt ich denn ja, was wir fürn Tag hatten.«
»Das steht auch aufer Zeitung.«
»Nee, die war von'n Tag vorher! – Also: denn hab ich die Antenne rausgezogen un das Radio angemacht – un da konnt ich sogar Nachrichten hörn.«
Da war Erika mit zufrieden: »Siehst du! Is doch ümmer gut, wenner Mensch weiß, was inner Welt los is!«
»Nützt aber rein nix, wenn sone Nachrichten in Dänisch sind ... Na ja – inzwüschen war es denn auch ziemlich spät ...«
»Wie spät?«
»So eben vor acht Bier, wenne das meinst ... un da bin ich auf meine Kammer gegangen.«
Erika ließ ihn nich ausse Augen: »Hast den Ober auch gesagt, wanner dich wecken sollt?«
»Woso? Ich hatt doch den neuen Wecker?! – Also – als ich denn oben war, dacht ich an, daß ich die Uhr noch garnich eingestellt hatte. Un das war nu'n sonnerliches Stück Arbeit. Die ollen Knöppe, wo ein das alles mit anstellt, die sitzen ja so drangen dicht beinanner ...«

Büschen von oben sagte Erika: »Das liegt nich anne Knöppe, das liegt an deine Wurstfinger.«
»An meine ...«, ihr Bruder wurde vergrellt. »Ich hör batz auf mit erzählen, wenn du einen ümmer so – inkommandierst!«
»Is gut, Gerd! Ich hör ja zu.«
»Will ich auch meinen ... Also, die olle Fummelei ... Denn hatt ich die Stunde eingestellt un dabei die Minuten weggedrückt – denn wieder gingen bloß die Sekunden – un denn waren die Stunden wieder weg. Ich hab da lange an gearbeit't! Un da sind zwei sone Leuchtpunkte auf, die flickflackern ümmer was hin un her! Da kannst besoffen bei wern!«
»Du mußt ja auch nich andauernd nacher Uhr kucken!« meinte Erika – un der Käppen schniefte als son Bulle: »So?! Denn stell sone Uhr man ein, ohne dasse hinkuckst! Das war mit Hinkucken all schlimm genug. Na ja, ich hab's denn aber ja doch noch hingekricht, sogar den Weckerknopp hab ich gefunden, un denn bin ich auf'n Bett gegangen. Mitten inner Nacht wollt ich nacher Uhr kucken, da war dascha nu düster – un ich wußt doch nich, welcher von all die Knöppe nu der für die lüttje Lampe in den Radiowecker war! Ich krichte also'n Streichholz raus, riß ihm an un drückte auf den Lampenknopp. Da hab ich mir die Finger bei verbrannt un schmiß den Streichholz weg, wo die Bettdecke büschen bei angesengelt is. Un siehe, da war die Lampe an den Radiowecker so düster, daß ich bloß die Sekunden un Minuten lesen konnt, die Stunde nich. Die wollt ich aber doch wissen! Ich hab denn noch'n Streichholz an-

gerissen – un da wußt ich, es war halb fünf. Ich hatt noch drei Stunden Zeit, un sodennig schlief ich weiter. Meinen Wecker hatt ich auf halb acht eingestellt – un als ich aufwachen tat, da war das Klock acht! Der Wecker bümmelt nehmlich so leise, dasser bloß zu hören is, wenner Mensch munter is. Denn nützt er aber ja wieder nich so viel! Ich denn ja rein inne Klamotten – Wecker fix noch abgestellt – so steht das inner Segelanweisung von den Ding. Man bloß hab ich da woll wieder bei auf paar Knöppe gedrückt. Mitnmal war das Datum weg – dafür hat der Wecker gebümmelt – ganz leise – un aufer Uhr warn bloß noch Sekunden. Ich war vielleicht vergrellt! Wecker also inne Jackentasche – in vollen Braß hin nach'n Bahnhof – un da war der Zug weg! Mußt ich paar Stunden warten! Ich hätt woll amoklaufen können – mit'n Marlspieker! Was soll einer nu machen mit son paar Stunden? Dabei mag ich an'n frühen Morgen eigens überhaupt noch kein Bier. Aber die Zeit mußt ich ja rumkriegen. Krichte ich auch – bloß der nächste Zug war nu so voll, daß ich stehn mußte! Für den annern hätt ich'n Platzkarte für gehabt! Un alles wegen den verdammten Wecker, was auch noch'n Fortschritt sein soll! Wenn das'n Fortschritt is, denn sch...!«

»Gerd!«

»... denn schaff ich mir für wiß nich nochmal sowas an! Da stand ich nu in den Zug ans Fenster, krichte auch noch Zug in den Zug, un holte den Wecker ausser Tasche un kuckte ihm so recht gräsig an. Un da kam'n Mann an un rammelte mir am Arm, un da fiel der

Wecker aus'n Fenster raus – un liegt nu zwüschen Elmshorn un Eidelstedt.«
Erika kuckte ihren Bruder mit vollen Verdacht inne Augen: »Gerd Möhlenbeck! Sag'e Wahrheit! Du hast ihn rausgeschmissen!«
»Kein Stück hab ich! Wie werd ich sowas wegschmeißen?! Für 69 Mark!«
»Lüg nich! Du hast den Wecker rausgeschmissen – oder einfach fallengelassen!«
Möhlenbeck wurde ganz eifrig in sein Reden: »Hab ich nich! Kann ich auf'n Eid nehmen, Eka! Wo dascha'n Geburtstagsgeschenk war! Un denn noch von meine leibliche Schwester! Wie könnt ich das woll?! Nee, nee, der Mensch hat so doll gegen meinen Arm gestoßen, dasser Wecker rausgefallen is. Ich hab ihn noch genau fliegen gesehn!«
Erika krichte das nich klar: »Ja, aber – wieso hat der Kerl dich denn man so doll angestoßen?«
Da zog der Käppen die Schultern son büschen hoch – un denn sagte er mit sanfte Stimme: »Ich – äh – ich hatte ihm drum gebeten, Eka.«

DIE GESUNDE OLGA

Käppen Möhlenbeck saß mit seine Freunde Steuermann Behrens un Fiedi Hagedorn an seinen Stammtisch zu klöhnen. Gastwirt Hollje hatte sich untergefaßt un stand inner Tür zu grienen, indem Möhlenbeck all wieder fix inne Gange war – un der junge Hollje schlurrte man ümmer Bier un Akkervit an'n Stammtisch. Denn kam er mit Frau Hollje ihre weltberühmten Bratkartoffeln, un alle drei an'n Stammtisch krichten 'n fixen Glanz in ihre Augen. Hagedorn leckte sich übere Lippen – un denn standen die Tellers auf'n Tisch, un die Spiegeleiers schimmerten so fein gelb durch den Pfeifen- un Zigarrenrauch. Die drei Kerls aber, die hauten rein in die Bratkartoffeln, als wenn sie in zehn kalte Winters nix gehabt hatten. Ganze Zeit hörte ein bloß, wie se mitte reinste Wollüstigkeit essen taten – denn räumte der junge Hollje wieder ab, un Möhlenbeck steckte sich seinen Teerkocher an. Er lehnte sich in seinen Stuhl zurück, pust'te'n grausamen Dampf nach Behrens rüber un sagte: »Essen is doch was Feines! Un sünnerlich son gutes Essen als wie Frau Hollje das kocht! Da kann ich viel Zeit an wennen an sowas.«

»So denken sie aberst nich alle, Möhlenbeck!« wiwakte Steuermann Behrens mit seinen Kopf.

»Das wollt ich jüst sagen, Behrens. Un dabei denk ich an Olga Gniffke. Die mußten wir nehmlich neulichst einladen. Wurd höchste Zeit wurd das, wir waren anner Tuhr – un die mehrsten Leute rechen das olle Einladen ja ümmer genau nach. Un Olga Gniffke hat 'ne gefährliche Zunge, sagt Eka. Un mein Schwester, die kennt da was von. Wenn Olga erst anfängt, sagt Eka, un über uns lossludert, denn nimmt kein Hund mehr'n Stück Brot von uns an.«

»Da kannst an sehn, dasse Hunde auch nich vernünftiger sind alse Menschen«, brummelte Hagedorn.

Möhlenbeck nickköpfte: »Das sag ich mit dir ... Aberst das half nu alles nix, Olga mußt her! Somit hat Eka denn Blumen auf'n Tisch gestellt – Silber extra geputzt – man bloß die Zuckerzange, die anners auf'n Tisch kömmt, wenn Besuch da is, die war weg. Eka hat meist Zustände gekricht – aberst ich mußt ihr ja nich erzählen, daß ich da paar Nagels mit ausser Wand gerissen hab, als die olle Kneifzange sich verstochen hatte. So mußt das nu ohne Zuckerzange gehn. Ich hab Eka ja auch getröst un hab ihr gesagt, eine Zange hätten wir denn ja sowieso an'n Tisch, Olga, die olle Gaffelzange.«

»Das hast der Olga denn aberst doch woll nich gesagt in deine große Güte?« fragte Behrens son büschen veniensch – un der Käppen griente: »Ich mußt verdammt an mir halten, Behrens ... Süh, da hatte Eka sich nu so viel Mühe gegeben un gekocht un gebacken un ich weiß nich was alles – un Kaufmann Jung seinen halben Laden leergekauft – un alles auf extra, indem daß Olga das doch so mitte Gesundheit hat! In ihr Essen, da dürfen ja sone vielen Sachen garnich in vorkommen! Un Eka hatte sich sogar paar Diätkochbüchers gekauft: für Herz- un Gallen- un Leberpatschenten, für Leute mit'n hohen Luftdruck ...«

»Blutdruck!« knautschte Behrens aus'n Mundwinkel.

Möhlenbeck aber kuckte ihn minnachtig an un sagte: »Was verstehst du woll von Olga ihre innerlichen Krankheiten? Da versteht sie ja selbst nich mal was von! – Mitte Diät gegen Leute mit Zucker hatte Eka sich auch belernt. Kann ich mir überhaupt nich vorstellen, daß in Olga Zucker insitzen soll – son ollen Sauerpott alse is. Aberst Eka meinte, besser wär nu mal besser. So war denn an das warme Essen kein Geschmack nich an un kein Salz un Schmalz – aber Eka hatte da Salbeier un Rosmarine reingetan un Saffian un wie das noch alles heißen tut. Man nachher war das denn doch alles verkehrt: Eka hatte die Rosmarine vorher nich auf unsere Briefwaage abgewogen! Dürfen man bloß anderthalb Gramm von in sein! Un der dröge Nußschinken war ümmer noch zu fett – un Eka hatte ja woll nich mal Putensülze auf'n Tisch! Die hätte Olga nehmlich gedurft! So krichte Olga denn ihr Notizbuch raus, un denn fing sie an un rechente un kuckte nach un strich ab un wollt wissen, was hier in war un da in war. Un wenn Eka das nich auf'n Gramm wissen tat, dennso nahm sie da garnix von. Das warme Essen, das ließ das olle Reff sowieso ganz un gar stehn; wir wußten ja nich, was der Rosenkohl nu auch so richtig bierologisch war.«
»Ich hätt ihr beleidigt! Mit kalten Blut!« sagte Behrens in alle Freundlichkeit. – »Konnt ich ja nich!« stöhnte der Käppen, »Eka trat mir ja ümmer untern Tisch vore Schienenbeine! – Denn fing die verdrehte Olga auch noch an un hielt uns'n Rede mit viele lateinische Wörters in – was ein mitter Gesundheit machen muß un auch dagegen. Un dasser Mensch schwimmen muß un

jocken un Gumminastik machen, so mitte Beine hochschmeißen un so. Un nache Kallerien musser kucken un kein Fleisch nich auf'n Tisch kriegen un sowieso nix, was nich gut is füre Lunge unne Leber un'n Blinddarm.«

»Da hätt ich nich bei essen können«, meinte Hagedorn mit traurige Augen. Möhlenbeck haute auf'n Tisch, Hollje kam sofort mitter nächsten Lage Bier. Der Käppen hatte zwarst bloß gemeint, dasser böse war – das Bier trank er aber doch. »Menschenskinner!« bölkte er danach, »Mir saß das olle Pastür ja auch vor'n Magen! Mitte Nieren fing se denn auch noch an un hatte'n ganze Liste in ihr Buch, wasser Mensch alles nich essen darf un nich trinken darf ... Hollje! 'ne Lage Akkervit dazu! ... un mit bierologische Kartoffeln hatte sie das un denn noch mit bio-ökumenische Sellerie ... Denn war sie abgelaufen, un wir beide sagten auch nix. Das olle Aas machte denn noch paar dummerhaftige Schnäcke, was wir keine Ahnung nich hätten vonne ernährungsbewußte Ernährung, un denn zog sie ab. Halbe Scheibe Grahambrot hatte sie gegessen, mit dünn Margarine auf – un büschen Peterzili zu, indem die aus unsern Garten war. Un da mußt ich bei lachen, so in mir rein. Ich hatt ja mit meine lebigen Augen gesehn, dasser Hund von unsern Nachbar jüst an diese Peterzili das Bein an hochgehalten hat. Ich hab es ihr gegönnt!«

»Nee«, schüttelte Behrens sich, »da hätt ich nich ruhig bei bleiben können! Un – getrunken hat sie garnix?«

Möhlenbeck kuckte in volle Verzweiflung nach oben: »Halbe Tasse Fencheltee, der all seit Jahren bei uns in'n

Schapp lag, indem ich son Kötelkram nich trinken wollt – un Eka auch nich.«

»Un als die gräsige Olga raus war, hast du nach'n Akkervit-Buddel gelangt, Möhlenbeck, nich?« kuckte Hagedorn den Käppen fragweise an.

»Ich hab drei Akkervit nachnanner weggeneiht, Hagedorn! Doppelte! Daß ich man wieder'n annern Glauben in'n Magen kriegen tat. Denn aberst hab ich mir'n Ende Schinken abgesäbelt, da konnt ich knapp überhin beißen. Eka hat nach'n Schwarzbrot unner Leberwurst gelangt, die mit den weißen Fettrand umzu – un denn haben wir ersteins orrnlich gegessen un'n Buddel Bier zu getrunken, daß wir man wieder Menschen warn. Un hat uns nix geschad't, un wir sind beide gesund wie ümmer – aberst ...« un da griente Käppen Möhlenbeck so recht veniensch bei, »... aberst Olga Gniffke is auf'n Nachhauseweg auf 'ne Bananenschale ausgerutscht. Bein hat se sich gebrochen un liegt nu ins Krankenhaus. Süh, un wär se bei uns geblieben un hätt Schinken un Mettwust gegessen un'n Akkervit zu, dennso wär ihr das nich passiert! Das hat se nu von ihr gesundes Leben!«

STURM

Käppen Möhlenbeck kuckte mit große Kinneraugen von'n Gasherd nach'n Pottschrank un nach'n Salzfaß – un denn sprach er: »Deern, was is das doch man gemütlich inner Küche, wenn das draußen so recht runtergasselt von Regen!«
Seine Schwester Erika dachte da büschen anners über: »Das mit den Regen stört mich garnich. Aber den ollen Sturm, den kann ich nu mal nich verknusen.«
»O was! Von Sturm mußt nix abwissen. Der hört nu mal zu's Wetter, manchmal sogar zu's Klima.«
»Aufer See vielleicht«, nickköpfte Erika, »aberst an Land brauch ich ihm nich.«
»Chott ja, brauchen … Aber Spaß kannst mit haben.«
»Spaß? Mit'n Sturm?«
»Ja, sogar denn, wenn da gar kein Sturm is, kannst Spaß mit son Sturm haben. Un kannst dich auch ganz fix an ärgern.«
Erika zog ihre Augenbrauen zusammen: »Gerd Möhlenbeck, nu schnack nich wieder so kariert! Was soll das nu wieder heißen?«
Der Käppen lehnte sich zurück: »Süh mal kuck, mein schlaue Schwester! Wenn ich mal'n büschen in den gehobenen Stil red, dennso kapiert sie's nich!«
»Sag mal, willst du nu gleich an'n Sonntagmorgen wieder Streit mit mir anfangen?! Ich wollt dir sonst heut dicke Rippe machen.«
Möhlenbeck kam hoch: »Mit Rotkohl?«

»Wenn du kein Streit anfängst.«
Da legte er ihr die Hand auf'n Arm: »Deern, ich bin ja ganz ruhig bin ich ja! Das wußt ich ja nich! Nee, denn hätt ich ja garnich von den Sturm angefangen.«
»Da hab ich von angefangen! Un nu erzählst du!«
Ihr Bruder seufzte, aber bloß büschen: »Tjä, wenn't Nödigen denn gorkeen Enn nümmt ... Paß auf: als ich annerletzt mit'n Schiff nach Helsinki war ...«
»Jawoll! Wo du so viel vons Kalte Büffet in dich reingena, reingestaut hast, dasse Jacke nachher nich mehr gepaßt hat.«
Möhlenbeck kuckte büschen böse: »Das lag anner Seeluft! Da laufen sone ollen dünnen Sommerjacken leicht büschen ein. Un da geht das hier ja auch nich um! Hier geht das da um, daß büschen Wind aufkam, un der Dampfer ab un an son büschen aufsetzen tat. War aberst nich schlimm. Das Bierglas blieb auf'n Tisch stehn.«
»So!« sagte Erika mit spitze Stimme, »Das Bierglas!« – Ihr Bruder nickköpfte: »Indem ich doch ins Restaurant saß un ...«
»Ins Restaurant!« stöhnte Erika, un der Käppen krichte strenge Augen: »Sag mal, soll ich dir die Geschichte nu erzählen oder nich? Alles kannste dir wegen deine dikken Rippen nu ja auch nich leisten!«
»Ja, ja, is all gut. Hätt ich mir ja sowieso denken können, daß du die Fahrt ins Restaurant gemacht hast.«
»Ganz nich«, schüddelte Möhlenbeck seinen Kopf, »dafür isse Reise zu lang. Un ab un an muß der Mensch ja auch schlafen, sogar wenner Kaptän is ... Aber den einen Abend saß ich da nu mal achter mein Bier, un der

Dampfer bewegte sich son büschen. An den Nachbartisch, da saß'n ganzen Barg Quitsches zu schwögen. Wasse alles schon für bannige Seereisen achter sich hatten! Un keine Ahnung hatten se vonner Seefahrt! 'n Äquator habense mang die Azoren gesucht! Aberst sie red'ten, als wenn se alle auf studiert hätten! Richtige Paschiere!«

»Das warst du ja woll auf den Finnendampfer auch!« kam Erika ihre spitzige Stimme.

»Ich hab aber nich son unwissenden Kram gesabbelt! So dummerhaftig kann'n normalen Mensch garnich reden! Sonnerlich eine war dabei! Sone ganze blonde, war all mehr ferkelblond, die aber nich echt war. Anne Haare, mein ich. Un sah aus als son Tannenbaum!«

»Wieso?« fragte Erika, »Brannten da Kerzen an?«

»Nee, Menschenskind, doch keine Kerzen! Aberst das blinkerte un blänkerte man so, von all die dicken Klunkers, wo sie sich mit vollgehängt hatte. Drei Ringe auf'n Finger – auf einen Finger! Un die war auf Weltreise gewesen! Indem se zu viel Geld hatte! Un da hätten se 'n dollen Sturm gehabt! Vore Aleuten! Aleuten! Un heißen tun se Ale-uten! Menschenskinner, das is oben bei Sibirien! Da geht nie nich keine Weltreise hin! Balearen hatse gemeint! Is nich auszudenken sowas!«

Erika kuckte büschen unsicher: »Das weiß ich auch nich, wo die sind.«

Möhlenbeck hob beide Hände hoch: »Bei Spanien! In'n Mittelmeer! Aber du warst ja auch noch nich da ... Süh, un der Sturm, sagte die ferkelblonde Dame,

der wär so doll gewesen, dasse nich in Ruhe draußen inne Deckstühle liegen konnten!«
»Kann ein das überhaupt?« wollte Erika wissen, »Bei Sturm draußen inne Deckstühle liegen?«
Ihr Bruder krichte es all mitte leise Verzweiflung: »Das isses ja, Eka! Das is ganz gräsigen Tühnkram is das! Bei Sturm gehste rein ins Schiff. Un als Paschier legste dich denn inne Koje zu sterben! Aber nee, die olle Doowe hat laut un mit sone ganz schrille Stimme erzählt, dasse draußen gelegen hatten! Un son kleinen, dünnen Kerl mit Augen als son Knurrhahn, der sagte von nee, dasse nehmlich achtern gelegen hätten. Hinten hatter auch noch gesagt! Un da bölkte sie ihm an, daß ein fors wußte, das war ihr ehelicher Mann. Un es wär doch vorne gewesen. Un denn sagte er nochmal: hinten! Un die beiden haben sich meist gehaun! Mensch, denn hätt er aber den A...«
»Gerd!«
»... den Achtersten versohlt gekricht. Laß mich doch ausreden ... Na ja, als er denn nich nachgeben wollt, da hat sie denn gemeint, das wär ja woll auch egal. Un denn ging es weiter mit den Sturm auf See. Der wär so doll gewesen, dasse draußen nich mal den Gong fürs Mittagessen gehört hatten. So doll! Un die annern Leute an ihren Tisch waren auch nich schlauer. Die schuderten sich richtig – un dabei war das doch ausgewachsen Blödsinn! Aber sie kuckten die beiden an als sone Wildwesthelden. Ich war bös inner Fahrt! Mein Zeit, ich ...!«
Erika fiel ihm inne Parade: »Gerd Möhlenbeck! Du hast da doch hoffentlich nix zu gesagt?!«

Der Käppen kuckte sie nich an: »Ich – och, ich saß ja an'n Nebentisch ...«
»Ob du da was gesagt hast?«
»Chott ja, die Blonde kuckte so ...«
»Als wenn ich mirs nich gedacht hätt! Un – was hast du gesagt?«
Nu griente ihr Bruder büschen: »Daß die Dame recht hat! Indem ich das nehmlich gewesen wär, der damals den Dampfer als Kaptän umme Welt gefahren hat. Un das wär der dollste Sturm gewesen, den ich überhaupt in meine ganze Fahrenszeit auf See erlebt hätt. Un denn – denn hab ich noch gesagt, daß ich mich da noch gut an erinnern kann – un dasse den Gong zun Mittagessen auch garnich hören konnten damals. Der Sturm, hab ich gesagt, der wär ja so gräsig stark gewesen, daß der Steward den Klöppel einfach garnich bis an den Gong rangekricht hätte.«
Erika fiel die Hand auf den Küchentisch: »Gerd Möhlenbeck! Daß du so spinnen kannst! – Un – die Leute an'n Nebentisch?«
Da wurde ihr Bruder richtig vergrellt un gnurrte: »Das isses ja! Die haben das geglaubt! Un die haben die Dicke mit ihren murcheligen Kerl denn noch mehr bewundert! Ich sag dir, Erika Möhlenbeck: heutzutage is überhaupt keine Gerechtigkeit mehr inner Welt – nich mal an Bord – wenn es denn auch bloß auf'n Fährschiff is!«

RAUBFROSCH-JAGD

Dieses hat Käppen Möhlenbeck an einen gruseligen Novemberabend seine Freunde Steuermann Behrens un Fiedi Hagedorn an'n Stammtisch in'n »Schienfatt« erzählt:

»Ich weiß ja nich, was ihr all mal in Panaitau gewesen seid. Das liegt nämlich inner Sunda-Straße zwischen Sumatra un Java. Indonesien is das. Wo noch nich mal der Papst gewesen is. Aberst ich! Dreimal in'n Ganzen. Un da kann man Raubfrösche sehn. Die gibt das man bloß da. Sind ganz gefährliche Biester. Sitzen achtere Klippen un warten auf, dasse über einen herfallen können. Un denn schlurren se einen runter anne Grund un nagen einen ab. Haben son sechzig, achzig Pfund Lebendgewicht un schmecken bannig gut. Sonnerlich der Bürzel, was das achterste Ende is, wenn's auch büschen fett is – un denn der Schinken erst! Der wiegt son zwölf bis sechzehn Pfund, wo er in'n ganzen doch man leicht is, weil'n Frosch ja auch viel Fliegen un annere Insekten frißt. Aberst das Filett von son Raubfrosch schmeckt auch doll gut, obschonst es büschen grünlich schimmert, indem es ja an'n Wasserfrosch sitzt. Nu isses aberst garnich so einfach, son Biest zu fangen. Das machen se meist mit schwere Boote un Harpunen, un denn werden die Frösche mit Drahtseile gefesselt, weil se dicke Taue un Trossen mit einen Gnups man so durchbeißen.

Wie gefährlich sone Biester sind, das sieht ein all anner Farbe. Son giftiges Grün als das is. Gibt ja auch braune

un graue Frösche, aber die schlimmsten von alle, das sind ümmer die grünen ... Süh, un achter son grünen Raubfrosch, da war ich auch mal eben vor Panaitau mitter Harpune achterher. War'n Mordskerl war das! Ich ihm denn ja die Harpune ins Genick geschmissen, die saß auch fest. Aberst das Vieh zog los, daß ich batz aus'n Boot gekippt bin. Die Leine konnt ich nich loslassen, indem ich se mir um'n Arm rumgebunden hatte.
Der Frosch zieht mich in See, dreht sich nu selber ümmer rundrum un macht das so raffineriert, dasser mich in die olle Harpunenleine einwickelt als son Rollschinken! Denn sack ich ümmer tiefer bis auf dreißig Meter mang Tang un Algen – un da unten zieht sich das verdammte Biest doch die Harpune aus'n Genick un piekt mich durch meine eigene Jacke auf'n Seegrund fest! Durche Brieftasche! Das Loch vonne einen Zacke hab ich heut noch in mein Seefahrtsbuch. Un denn fletscht der Frosch seine Zähne, lacht so recht veniensch, un seine Zähne sind so groß als sone Küchenmesser. Paar mitleidige Algen haben mir büschen Luft hingewedelt – in meine Gummistiefel waren auch noch paar Luftblasen, die hab ich mir sinnig übers Gesicht laufen lassen. Aber der Frosch merkt das, beißt mir die Sohlen von meine Gummistiefel ab, die letzte Luft blubbert nach oben – un denn kömmt er ganz dicht an mein Gesicht ran, so mit starre, eisige Augen ...
Man da seh ich achter ihm zwei Delphine ranschwimmen! Die pfeifen sich gegenseitig was zu – Delphine fiepsen ja ümmer so, wennse sich was erzählen – un büschen delphinisch kann ich ja. Na, der eine pfeift:

»Mensch, das is ja Käppen Möhlenbeck!« Der annere nickt bloß, un denn rammen sie alle beide den Raubfrosch von achtern, daß der sich gräsig verjagt. Un sie schwimmen ihm ümmer wieder mit ihre dicken Köppe gegen'n Magen, daß der Frosch zuletzt bloß noch jammern tut un ganz gelb ins Gesicht wird un ausbüxt! Denn wickeln die beiden Delphine mir mit ihre spitzen Schnauzen wieder aus meine Harpunenleine raus, hieven mir hoch un schwimmen ganz sinnig mit mir an Land. Da packen sie mich ganz vorsichtig in'n Sand un drehn sich um. Der eine läßt noch'n saftigen Pfiff nach achtern los, der heißt auf deutsch: »Tschüß, Käppen Möhlenbeck!«, denn sind se weg.
Na, ich steh nu ja auch un denk noch so, was ich woll in'n Greenpeace eintreten soll – indem ich ja bannig gerührt bin wegen all sone Hilfe, da kommt doch aufmal der Raubfrosch angepaddelt! Nu hatte der wieder'n großen Hals, drohte von weiten all mit 'ne knülle Faust, – können se ja machen, die Frösche, – un denn wollter an Land un auf mir los! Ich aberst hatt nu ja'n gewaltigen Zorn in meinen Bauch, nahm sone gadliche Kokosnuß, die da an'n Strand rumlag un schmiß ihn die mit volle Wucht zwüschene Hörner. Da schrie das Biest als wie son Schwein an'n Spieß, drehte aufe Hacken um un haute ab, dasses man so plantschen tat. In'n Abstand konnt ich noch sehn, wie an seinen Kopf 'ne Brüsche hochkam als son Kürbis! Somit war ich denn ja wieder sicher – un diesmal hatte ich mir selbst gerettet! Un das eine, das steht nu bombenfest: die Raubfrösche von Panaitau, die fassen keinen Kaptän wieder an!«

Möhlenbeck war ausser Stadt zurückgekommen, denn hatte er tüchtig nachgedacht, un zuletzt sagte er: »Also mitte jungen Leute, das is nu ja sone ganz eigene Sache is das ja. Süh, also – ich mein – da gibt es nu sone un sone!«
Erika nickte mit ihren Kopf: »Das gibt das bei de Alten auch, Gerd. Kuck uns man an.«
Das aberst wollt ihr Bruder nich wahrhaben: »Erstmal sind wir nich alt! Wir sind inne besten Jahre!« un Erika meinte ganz drög: »Das sind die, wenne guten vorbei sind.«
Der Käppen mußte sich wunnern: »Wenne … also – du machst einen ganz durchhin, Erika Möhlenbeck! Ich mein, ab un an, denn kann ich so recht inne Braß kommen, wenn son Zwei-Meter-Lümmel alle annern beiseiteschubst, wenn se aus'n Bus wollen – oder wenn einer mit schetterige Büxen, dasse da nich ankommen magst, inner Bahn die Schuhe aufe Bank legt, un die sitzen steif voll Schiet. Annere junge Leute denn wieder, die können mir so recht gefallen …«
»Ich weiß woll«, sagte Erika, »wenn se Deerns sind, un die haben son kurzen Rock an, daß ein garnich hinkukken mag.«
»Och, ich mag woll.«
»Das isses eben! Denn gefallen dir die jungen Leute!«
Möhlenbeck begäuschte sie: »Eka, so nu ja nich. Nee, ich mein, wenn sie denn fürn Roten Kreuz was tun – oder wenn se sich umme Natur un um'n Frieden küm-

mern un um annere Leute. Nich bloß in Nikaragua – nee, auch hier! Dasse vielleicht ’ne alte Tante übern Damm bringen un so ... Hab ich auch alles schon gesehn. Aber – is woll so, daß ein meist ümmer die mit’n großen Hals sieht un die Schetterigen un sich über argert ... Man ich hab nochwas gedacht, Eka: eine Sorte junge Leute gibt das noch, da kannst dich erst fix an argern – un zuletzt, denn krichst das Lachen. Das sind denn nehmlich nich sone – un auch nich sone – nee, das – das sind denn mehr solche.«

Erika holte tief Luft: »Nu weiß ich ganz genau, wasse meinst, Gerd Möhlenbeck!«

Der Käppen dachte nochmal büschen nach, un denn sagte er: »Is doch ganz einfach, Eka. Aberst – ich will dir das denn man eben an’n Beispiel verkasemantukkeln. Kuck, ich war nu ja heut inner Stadt bei meinen alten Blaubüdel, unsern ollen Zimmermann vonner Bark ›Karin‹. An den Schiff hab ich viel Freude gehabt. Machte ja manchmal so ganz ulkige Sprünge, wenn se Wind von vorn krichte, aber sonst solide gebaut, wenn auch niche schnellste ...«

»Gerd Möhlenbeck«, tickte Erika mitte Finger auf’n Tisch, »du wolltst mir nix von deine Karin erzählen, nee, vonne jungen Leute!«

»Das wollt ich«, gab Möhlenbeck zu, »also – mein oller Blaubüdel vonner Karin, der wohnt ja aufer annern Seite vonner Stadt. Un als ich von den wiederkam, mußt ich somit ja mit’n Bus fahren ...«

Erika verstand ümmer noch nix: »Ich weiß man nich, was der olle Blaubüdel mitte Jugend zu tun hat?«

Bei kleinen wurde Möhlenbeck gnatschig: »Wenn ich hier keinen Satz zu Ende krieg, denn kömmst du da auch nie nich achter!«
»Ich sag nu kein Wort mehr!« schnaute Erika um.
»Das kannst einen erzählen, der sich'n Hut mit'n Hammer aufsetzt!« sagte Möhlenbeck, nu wieder in alle Ruhe. Erika wollt in Raasche kommen, aber ihr Bruder red'te all weiter: »Knurr nich, Eka Möhlenbeck, das dürfen bloß Hunde! Aberst – ich will nu endlich meinen Streifen mitte jungen Leute abspulen. Kuck, da steh ich denn ja in'n Bus, halt mich mit eine Hand oben an son kunstledern Handgriff fest, wo ein ümmer an hin un her wackelt, wenner Bus umme Ecken fährt – un an meine Backbordseite hängt'n Jungkerl, so umme zwanzig, orrnlich angezogen, sogar mit 'ne saubere Jeansbüx, bloß dasser so – na so vigeliensch kuckt ... So – spietsch ... Büschen frech, wenne so willst, aber auch wieder nich so richtig frech – ich weiß auch nich ... Vigeliensch hatter eben gekuckt! Der hält sich auch fest, un wir schlackern beide in denselbigten Takt so hin un her. Denn hält der Bus an, der junge Mann läßt seinen Griff los, kuckt mich mit freundliche Augen an un sagt: ›Entschuldigen Sie bitte, würden Sie woll eben für mich festhalten? Ich muß aussteigen.‹ Un ich bin ja'n höflichen Menschen un sag: ›Natürlich, gerne!‹ un halt seinen Griff auch noch fest. Denn geht die Tür auf, un der ohnwissende junge Dwallhammel, der steigt aus. Er steht unten aufer Straße, kuckt nach oben un fängt so abaasig an zu lachen, daß alle Leute stehenbleiben un auch nach mir raufkucken. Ich aber häng nu an die zwei

Griffe, die Leute lachen mir alle aus, un ich werd doch so vergrellt, daß ich vor lauter Vergrelligkeit beide Griffe loslaß. Süh, un jüst akkrat da fährt der Bus mit son richtigen Satz wieder los, gleich umme Ecke – un ich segel mit'n bannigen Ruck genau auf den Schoß vonner alten Dame mit'n ganz gnägeliges Gesicht! Die schreit un schümpft los – die Leute kucken sich meist die Augen aus'n Kopp – un einer sagt noch, die Olsch sollt sich doch man freun, daß überhaupt noch einer auf ihren Schoß sitzen geht. Da kreischt die los mitte ordinärsten Wörter als sone Rotlicht-Deern in Buenos Aires – un ich häng ümmer noch als wie son versteinerter Seestern auf ihren Schoß. Sie aber schüttelt mir ab un keift, un ich sag ganz deutlich ›Olle Gaffelzange‹. Da wollt sie mir jüst einen mit ihren Regenschirm auf'n Kopp döschen – aber der Schafför hält seinen Bus an un sagt, nu fährt er nich weiter, wenn da keine Ruhe wird. Na ja, da stand ich denn auf, un die Olsch, die schümpfte auch was leiser. Die Leute aberst, die freuten sich als wie sone Crew vonner Getreidebark auf'n Weg von Australien nach Hause. Bloß ich – ich hätt woll einen umhaun können!«

Erika konnt sich garnich lassen vor Kopfschütteln: »Sowas is nu als Kaptän auf große Fahrt gewesen! Un kannst ihm heut noch nich allein inne Stadt gehn lassen!«

Aberst da hatte sie Möhlenbeck hart mit getroffen! Der kam hoch ins Ende: »Für all sone Zustände konnt ich ja doch nix für! Das kam doch alles bloß von diesen Aaskerl, von diesen Flunki von Jungkerl! Aber ich glaub, ich hab den mal bei Heiko Meier an'n Muschellager gesehn! Den find ich wieder! So mit'n Kaptän umgehn! Keinen Respekt haben die Bengels mehr! Wenn er denn ja auch eigentlich – ich mein, zun Lachen – wenn ich da so über nachdenk ... Aber nee! Sowas tut ein nich! Sowas hab ich auch nich gemacht als Jungkerl. Ich war gegen ältre Herrn war ich ümmer ...«

Man da fuhr ihm Erika inne Parade: »Gerd Möhlenbeck, ich erinner mich da noch an, als unser Bürgermeister inner Sylvesternacht vor meist sechzig Jahre das Krachmachen verboten hatte! Unne Polizisten mußten aufpassen. Da haben paar Jungkerls genau um zwölf inner Sylvesternacht unter den Bürgermeister sein Stubenfenster 'n paar eingelöt'te Kanonenschläge abgebrannt! Un da sind die Scheiben vonne Fenster mitten inne Sylvestergesellschaft gefallen. Die Jungkerls haben se nich gekricht – aber ich weiß: einer davon, das war ...«

Nu ließ Möhlenbeck seine Schwester nich ausreden. Er schwunkte mächtig mitter Hand durche Luft: »Das sind ganz olle Geschichten, Eka, un überhaupt all lange verjährt un garnich mehr wahr! Un – ich mein, wir haben nu sowieso wieder mal genug palavert! Laß uns nu man in Ruhe Kaffe trinken – den du ja ümmer so fein machst un wasser beste inner ganzen Welt is!«

REDEN HALTEN

Möhlenbeck saß achter sein Grogglas in'n »Schienfatt« – war ja Stammtischzeit -un er hatte es mitte Rotorik, als er sagte, indem Hagedorn inner Werbegemeinschaft 'ne Rede übern Vareler Mittelstand halten sollt. Tiefe Falten standen in Möhlenbeck seinen Vorkopf, er wedelte mit seine qualmige Tabakspfeife un sagte alles, was er zus Redenhalten zu sagen hatte. Das aber hörte sich so an:

»Ganz barbarsche Umstände sind das ja denn ümmer, wenn einer 'ne Rede halten muß un will das eigens garnich. Oder er kann es am Ende nich mal! In'n Krieg hattense mich ja nacher Grauen Companie eingezogen – nacher Kriegsmarine, als Reservist. Vorpostenboot hab ich gefahrn. Aber erst mußt ich ja laufen un stehen lernen! Muß ein sich mal vorstellen! Fährst Jahren un Jahrenden mit A 6 als Kaptän nach Fernost, un denn kömmt son unbefahrnen Menschen un will dir das Laufen beibringen, bloß weil er'n Kopperal is! Un nich bloß das – nee, die Kerls wußten noch nich mal was ab vonner Furcht des Herrn! Gingen an'n Sonntag nich nacher Kirche, un der Garnisonspaster, – ESAK haben wir dazu gesagt, was'n Abkürzung war für ›Evangelische Sündenabwehrkanone‹, – diesen Paster also, der machte bein Standortkommando gräsigen Wind un war von den Kommandeur verlangen, der sollt seine Mariners mal Feuer untern Hintern machen – wenner das auch mit annere Wörters gesagt hat. Na, un was nu unser Kommandeur war, auch'n A-6-Mann un auch

vonner Reserve, – ich kannt ihm noch von'n Lloyd her, – der konnt woll 'ne Viermastbark bei Westensturm umme Hoorn knüppeln, aberst keine Rede konnt er nich halten. Nu war er aber ja Korvettenkapitän – un sodennig mußt er! Wir standen alle auf'n Appelplatz, un der Kommandeur kam mit'n rotes Gesicht un wrang sich seine Hände un fand keine richtigen Wörters. Denn bohrte er uns meist mitte Augen durch un bölkte: ›Männer!‹ Un denn war es zu Ende. Danach schrie er: ›Stillgestanden!‹ aber wir standen all still, un er verjagte sich. Er kuckte uns mit flehende Augen an, aber wir konnten ihn ja auch nich helfen. Un da gab er sich'n Ruck, daß es man orrnlich so in ihn runksen tat, un denn örgelte er: ›Männer! Ihr dient sechs Tage inner Woche euren Vaterland! Das is auch richtig! Anne Abende dienen die, welche inner Garnison wohnen, ihre Familie, das is auch richtig! Un in'n übrigen dient ihr alle zur Verteidigung von unsere Heimat, un das is erst recht richtig! Aberst ihr könnt ja woll jede Woche auch mal zwei Stunden lang an'n Sonntag euern Herrgott dienen! Das hat der Mann verdient! – Weggetreten!‹ – Süh, das war nu 'ne sonnerlich feine Rede.
War überhaupt'n apartigen Mann, diesen Kommandeur. Bloß dasser nich Fregattenkaptän wurd, wasser doch so gern wollt, das lag ihn auf'n Magen. Aberst für sowas mußt er seinen Mund aufmachen – un Pli mußt er dabei haben – un das ging bei ihn meist ümmer schief. Mal wollten sie wieder kucken, ob er nich doch einen raufkommen könnt. Er war ja nu mal'n bekannten Kaptän un sonst auch'n tüchtigen Kerl. Der Admiral, was

sone Art Obersten Kriegsherrn für Seeleute is, der ließ ihm kommen un wollt ihm eben in'n Schnack son büschen verhören. Man da wurd nich recht was aus. Un als der Admiral denn nix anners mehr wußte un mitter Familie anfing, da kam denn ganz fix 'n Ende an die Geschichte. Der Admiral fragte nacher Frau un nache Kinner un wieviel dasser woll davon hätte un wasse auch gut zu Wege wärn. Da kuckte Käppen ... Mensch, beinah hätt ich nu den Namen gesagt! Der kuckte also den Admiral mit all seine Treuherzlichkeit an un sagte in alle Bescheidenheit, wenn denn auch büschen stolz: ›Acht Kinner hab ich, Herr Admiral. Sechs sind gesund un zwei verheirat!‹ – Is ja man schade, aberst er is sein Lebtag kein Fregattenkaptän nich geworden.

Aberst wir hatten ja eigens mitte öffentlichen Reden angefangen. Un die schönste Rede, die ich da so kenn, die hab ich mal auf'n Frachter gehört.

Auf'n Schiff warn auch Paschiere, zwölf Stück – un einer sabbelte ümmer schlauer alser annere. Wir waren woll 'ne Woche unterwegs, da kam'n orrnlichen Wind auf, un unser Dampfer ging soweit ganz schön zu Kehr. Wir hatten woll so zehn, elf Windstärken, auf'n Südatlantik. Ich fuhr bloß mit, indem der Kaptän 'n ollen Freund von mir war. Jonny, der Stewart, hatte aufgebackt für die zwölf Paschiere, den Kaptän un mich. Die Paschiere waren alle gekommen, wenn die mehrsten auch all'n dollen Stich ins Grüne hatten. Jonny deckte die Platten auf, das fing bannig gut an nach Essen zu riechen in'n Salon – un mein Freund fing denn auch mitter Tischrede an, indem sich das so hört fürn Kaptän vore Paschiere. Un die Rede ging so:

›Meine Damen un Herren! Ich freu mich, daß Sie alle zwölf zum Essen gekommen sind, wenn wir auch büschen Wind haben. Ich glaub auch bestimmt, daß Ihnen allen zehn der knusprige Schweinebraten mit Rotkohl schmecken wird. Ist ja mehr als genug für acht Gäste da. Na, und für Getränke hat unser Stewart auch reichlich gesorgt – Rotwein oder Weißwein – wir haben vier Sorten für Sie sechs. Die Reederei hat keine Kosten gespart, damit Sie alle vier auch heute Ihre Freude und Ihren Spaß haben. Jonny, denk an die Spielkarten, damit unsere drei Gäste nach dem Essen 'n orrnlichen Skat kloppen können! Und ich denk, 'ne Flasche Konjack wird sich für Sie beide auch noch finden. Aber ich will nicht viele Worte machen, damit unser verehrter Herr Paschier nun orrnlich zulangen kann ... Ach, wollen Sie als letzter bitte die Salontür hinter sich zumachen? – Danke vielmals! ... So, Jonny, nu kannst abbacken. Bloß zwei Gedecke un die Hälfte vonne Buddels, die läßte hier für Käppen Möhlenbeck un mich!‹

Un so kam das denn auch. Ich hab mit meinen Freund endlich mal richtig Zeit gehabt. Drei Tage lang hatten wir Sturm, kein Paschier hat uns gestört, un das war so richtig gemütlich. – Die Tischrede aberst, die vergeß ich nich, in mein ganzes Leben nich. Da war sie zu schön zu!«

Käppen Möhlenbeck setzte sein leeres Akkervitglas auf den Küchentisch un kuckte seine Schwester Erika wohlgefällig an: »Das is recht, Eka! Schön kalt isser. 'n warmen Akkervit is aberst auch schlimmer als'n Knüppel auf'n Kopp, wo keine Haare auf sind.«
Erika griente man: »Na, Gerd, so schlimm soll das ja woll nu auch nich sein.«
Der Käppen aber wußte auch dieses besser: »Eka, du weißt nich, wo du von redest. Ich war mal, in meine guten Jahre noch, da war ich mal mit meinen Freund Hemmann Schütt seinen Logger unterwegs, un wir mußten in'n Norwegerhafen, weil wir bei den Kuhsturm nich fischen konnten. Hemmann hatte annern Tag Geburtstag, un die Crew war in ihr Logis zugange mit Akkordeon un Lied einüben, daß da kein Mensch an vorbeihören konnt. Un richtig: Mitternacht bei acht Glasen sangen sie vorer Tür von Hemmann seine Kammer den ›Hamborger Veermaster‹. Un sie haben so gesungen, dasse toten Heringe sich ganz tief in ihr Eis reingewühlt haben, unne Kakerlaken inner Kombüse hielten siche Ohren zu. Der Smutje hat's selbst gesehn. Hemmann hatte aberst vorgesorgt. Er holte das ganze Volk in seine Kammer, wenn das da denn auch büschen eng wurd, langte inne Backskiste un fummelte da'n Buddel Doppelkorn raus. Er krichte sein Zahnputzglas her, goß das voll un gab das an den ersten vonne Gäste, welches der Bootsmann war, indem son rechter Bootsmann ümmer vorn steht, wenn'n Buddel aufgemacht

wird. Der Bootsmann setzte an, krichte aber son glupsche Augen als'n Dorsch an'n Angelhaken – un nix wie raus! Den nächsten ging das jüst so, un die annern hauten ganz ohne Schluck ab. Hemmann war platt, ich auch – aber denn kamen wir da achter, was los war. Durch die Backskiste lief nehmlich das Rohr vonner Dampfheizung – un da hatte der Buddel auf gelegen. Un ich sag dir, sowas is 'ne Katastrophe is das! Mein Zeit, mir grugelt das heut noch, wenn ich da bloß an denk! Zu, Eka – gib mir noch'n Kalten!«
Seine Schwester griente ümmer noch, als sie die Luft aus'n Glas ließ: »Ihr habt ja waraftig was mitmachen müssen früher!«
»Das kannst laut sagen«, meinte der Käppen und staute den Akkervit weg. »So, nu is mir wieder besser!« seufzte er un stellte das Glas wieder neben die Bierflasche. »Na ja, heut is das nu ja alles anners. Da ham se Kühlschapp un Heizung in zwei verschiedene Kisten. Überhaupt – was die heut alles haben! Kannst dich halbtot über wunnern. Sind ja man fuffzig Jahre. Aber da sitzt eben was in, in die fuffzig Jahre! Oha! Ich hab gestern abend noch mit Klaas Brodersen seinen Brudersohn Frerk zusammengesessen. War sehr intressant.«
Da sagte Erika ganz drög: »Das konnt ich an deinen ondulierten Gang sehn un die unanständigen Lieders, die du in dein Schlafzimmer noch gegrölt hast.«
»Das war ja erst nachher, Eka!« winkte ihr Bruder mitter Hand ab. »Nee, das, was wir geredet haben, das war so intressant! Frerk fährt doch auf'n Fischereiforschungsschiff als Zweiter – un die haben paar For-

schungsaufträge, als er sagt, da legst glatt die Ohren an! Nu haben sie's zun Beispiel mitter neusten Vogelkrankheit. Die Lummen un Möwen un Alken un wie sie alle heißen, auche Albatrosse un Fregattvögel, die sind nu woll von all die Schemie, die ins Wasser rumschwimmt, so durchhin, dasse sich andauernd verfliegen. Wollen nach Norwegen un kommen bei de Pinguine an'n Südpol an un so. Un da haben die Forschungsschiffe denn nu rausgefunnen, dasser inwendige Radar, den die Biesters ja woll in'n Kopp haben, daß der nich mehr richtig geht. Un nu müssen se wieder so recht mitte Augen kucken, wo se hinfliegen un wo das rechts un links rum geht. Un siehe: das könn se nich mehr, habense verlernt. Damitte Vögel das nu aber mitkriegen, davon fangen die Forschers sie ins Nordmeer – Tag un Nacht machense das, Eka! – un malen ihnen denn die Flügelspitzen an: backbord rot un steuerbord grün! Denn wissen die ollen Lummen wieder Bescheid un fliegen richtig un kommen da an, wo se hinwollen.«
Erika kuckte ihren Bruder mit glasharte Augen an: »So? Das tun se? Un an sowas forscht dein Frerk Broderson an rum?«
»Ja, aber nich bloß an sowas, Eka. Sie haben grad nu noch'n ganz annern Auftrag. Süh, aufstunns wird doch ümmer mehr Frischfisch nache Häfen gebracht, der an Bord erst auf Eis zu liegen kömmt. Nu is es aber ja so, daß die Fische oben ins Eismeer sowieso schon ümmer ins Eiswasser schwimmen – die wern also nachher ins gewöhnliche Eis garnich mehr so richtig kalt, was ein ja verstehn kann. Un so muß für sone Eismeerfische das

Eis denn ja kälter sein als für sone, die, wollen mal sagen, ausse See vor Afrika kommen, wo's warm is. Süh, un da forschen sie nu an rum, wie kalt das Eis sein muß, wenn ein da Fische aus'n Eismeer in vereisen will. Un Fisch is ja nich bloß gesund, nee, der is ja auch sünnerlich wichtig füre Menschen, indem da 'ne Masse Phosphat in sitzt – un das is nu doll gut für dem menschlichen Gehirne. Da wird ein schlau von un kricht Geist!«

Erika zuckte mit keine Miene, als sie sagte: »Ich könnt dir auch waraftig mal wieder Fisch zu Mittag machen, Gerd.«

Möhlenbeck kuckte sie lange an: »Woans meinst du das?« Aberst Erika tat ganz unschuldig: »Och, bloß so – wo du jüst so viel vonne Fische erzählst, Gerd ... Aber, du, denn muß der Brudersohn von dein Freund Klaas ja woll'n bannig klugen Mensch sein, wenn er auf'n Fischforschungsschiff all sone schlauen Sachen macht?«

Der Käppen nickköpfte paarmal: »Das isser, Eka, von Fisch versteht der was! Aber neulichst hatter einen gefunden, der war ihn über. Frerk hatte in sone Eßkneipe gesessen un Fisch bestellt, indem er in jüst dieselbigte Kneipe 'ne Woche vorher auch schon 'n banniges Stück Kabeljau weggestaut hatte. Un der war doll gut un frisch gewesen. Man diesen, den er nu krichte, den mocht er nich so gern. Un da hatte er denn nach'n Ober gerufen un gesagt: ›Herr Ober!‹ hatter gesagt, ›Dieser Fisch taugt nix. Der is viel älter als der von neulich!‹«

Denn smustergriente Möhlenbeck so richtig in sich rein

un mußte noch bei's Reden lachen: »Un der Ober, der hat Frerk angekuckt un denn so recht veniensch von oben herruntergepliert – un denn hat er gesagt: ›Älter als der von vorige Woche ... Kann ich man über lachen, mein Herr! Da könn se mal selbst an sehn, wasse Kundschaft sich so alls einbilden kann! Was Sie da nu auf Ihren Teller haben, mein Herr, das is nehmlich genau das Schwanzstück von denselben Kabeljau vonner vorigen Woche!‹«

SKAT SPIELEN

Möhlenbeck hatte das mitte Leidenschaften – un seine Stammtischfreunde Steuermann Behrens un Fiedi Hagedorn krichten runde Augen, indem er da sonst nich viel über red'te. Nu aber war er inne Gang, daß es man sone Art hatte.

»Wenner Mensch das mitte Leidenschaften kricht«, sagte Käppen Möhlenbeck mit deutliche Stimme, »dennso kann er bannig leicht zu Mallör kommen. Da mein ich garnich mal die Leidenschaften füre Mädchen un sonstige Fraunsleute mit – nee, allein all das Skatspielen! Das is ja auch sowas als 'ne Leidenschaft. Weiß jederein, der mal nach See zu gefahren is. In meine Zeit hatten wir aufer ›Nippon Reefer‹ sogar mal'n rejellen Skat-Künstler: war mein oller Bootsmann. Scheich Gramusel sagten sie zu ihm – zuminnst wenner das nich hören tat. Bei'n Preisskat kuckten die annern garnich erst nachen ersten Preis hin – der stand da für Gramusel. Un der nächste war denn mein Chief Mate, der Erste Offzier, 'n ziemlich jungen Kerl. Konnt aber all verdammt gut Skat spielen. Bloß an'n Bootsmann, da kam er nich ran. Hatter auch all aufgegeben gehabt.

Na, eine Reise, wir gingen für Order Almirante, da krichten wir doch'n Moses an Bord, war woll son sechzehn Jahre alt – un der Bengel, der spielte Skat, da hast die Ohrlöffel angebraßt! Gleich nache Azoren war der erste Preisskat. Buddel Jamaica-Rum, zwei Liter, war der erste Preis. Un den krichte der Moses! Der Schiffsjunge! Die ganze Crew stand auf'n Kopp. Der Bootsmann lag mit'n graues Gesicht aufe Knie vor mir, ich sollt das ausnullieren. Aber das konnt ich nu ja nich. Nich mal als Kaptän konnt ich das. Meinen Ersten standen auche Tränen inne Augen. Wo doch sonst ümmer der Erste der Zweite war – un nu war der Erste aufmal der Drütte! Nee, sagten se alle, nu wär keine Gerechtigkeit mehr inne Welt, wenner Moses all in'n Preisskat gewinnt. Sowas sollt ja nich nochmal passiern! Aberst ich konnt den Bengel nu ja nich lynchen oder kielholen lassen! War ja auch'n fixen Jung soweit mit'n anschlägschen Kopp un konnt orrnlich zufassen. Süh, un da hatter denn ja auch 'n Belohnung für gekricht, dasser so fix war. Rückzu, als wir durche Mona-Passage liefen, da durft er als Rudergänger aufe Brücke, obschonst er eigens noch zu jung dafür war. Aber er war ganz bannig stolz, der Jung, is ja klar, wär ich an seine Stelle auch ja gewesen. Bloß dasse nu grade Preisskat hatten während seine Wache. Da konnter nu ja nich mitspielen, dascha klar, wo er doch an'n Ruder stand. Un somit wurd denn der Bootsmann wieder Erster unner Erste wurd Zweiter, so als sich das gehört. Un denn warn sie ja auch alle wieder best zuwege.

Mein oller Scheich Gramusel is ja nu auch schon paar Jahre an Land, aber mit'n Skatspielen hatter das ümmer noch so doll. Seine Frau, die kuckt das ja mit annere Augen an, indem er denn ümmer so vergnügt is, wenner nach Hause kommt. Un früh isses denn auch, früh an'n Morgen. Sonnerlich bei'n Preisskat, so inne Herbst- un Wintermonaten. Da musser denn ja ümmer hin. Neulich auch wieder. Sein Emma war bannig vergrellt, aberst Gramusel wollt sie ins Kabelgatt sperren, wennse nich ihren Babbel hielt. Er hat das noch mit büschen deutlichere Wörter gesagt. Sie hielt ihren Babbel denn ja auch, un Gramusel ging nache ›Ammerländer Stuben‹ zu Skat spielen. ’n dollen ersten Preis hatten se da den Abend: hatte einer doch ’n lebenniges Kalb gestiftet! ’n Kuhmoses, sagte Gramusel dazu. Un mein oller Bootsmann hat gespielt als wie son Weltmeister. Hat das Vieh denn ja auch gewonnen. Denn wollter nach Hause, aberst Jan Tjardes, welches der Wirtsmann is, der wollt das Kalb nich dabehalten, hatte keinen Platz. Gramusel mußt das mitnehmen. Süh, un da hätt das denn meist Havarie bei gegeben. Gramusel hatte das weit nach Hause – Busse fuhren nich mehr, indem sie so lange auf dem Kalbe herumgesoffen hatten – un nu wollt Gramusel mitter Taxe nach Hause fahren. Der Schafför wollt das Kalb aberst nich mitnehmen, indem sowas nich in seine Tarifen stand ... Tjä, da mußt Gramusel denn fix mit den Kerl hanneln, was er aber kann, indem er lange auf Südamerika gefahren is. Doppelten Fahrpreis wollter bezahlen, indem er mit sein Kalb ja zwei Mann war. Wollter Schafför auch nich, indem son Kalb kein Mann is, als er sagte. Er war nehmlich in seine Jugend auf Levante gefahrn! Bein dreifachen Preis ging es denn aber, weil Gramusel un sein Kalb zusammen sechs Beine hatten. Die von den Kalb haben se denn zusammengebunden, Gramusel un der Wirtsmann Jan Tjardes, un denn fuhr der Schafför los. Das Kalb hat gräsig geblökt unnerwegens, so daß’n Schutzmann die Taxe noch angehalten hat. Aberst er konnt ja nix sagen: das Kalb hatte das aufe weichen Polster soweit ganz bequem. Bloß dasses eben ümmer so geblökt hat. Aber denn brauchte der Schafför seine Tute ja auch weniger. Un Gramusel freute sich so über dem Kalbe, dasser ümmerzu Shanties singen mußte, aus vollste Brust, un er konnt alle Strophen! Da fing der Schafför an zu schümpfen, aber gegen Gramusel seine Lunge kam er nich an. Un das Kalb blökte auch ümmer lauter – stand nächsten Tag alles inner Zeitung. Aberst Gramusel kam mit seinen Kalb nach Hause. Sein Frau fiel meist inne Ohnmachten, als Gramusel das Rindviech achter sich her inne Stube schlurrte, un da mußt das denn bleiben. Nächsten Tag kam das Vieh denn nach'n Schlachter – un Gramusel sein Emma lag den ganzen Tag aufe Knien, indem das Kalb sone vielen un grünsaftigen Souvenirs achtergelassen hatte. Inner Kneipe hatten sie ihm noch den ganzen Salat eingefuttert, der nachgeblieben war, un orrnlich Bier zu. Aber nach'n zweiten Abend hin war die Wohnung soweit klar, bloß daß es da nu ümmer noch büschen wie in'n Kuhstall in riecht.

Tjä, Gramusel seine Frau, die war ja erst gräsig böse mit ihren Kerl. Denn aberst kam so viel Kalbfleisch, dasse Tiefkühltruhe meist zu klein war. Un das freute Emma nu ja wieder, is klar. Un denn: Frauen sind ja manchmal ganz schön schlau. Emma auch. Sie schümpft als son Rohrspatz wegen all den Dreck un all das Geld, was der Abend geköstet hat, – aber sie schümpft bloß morgens, wenn Gramusel aus'n Hause is. Denn aber mit ganz schlimme Wörter! Mittags bein Kalbsbraten aber, denn lobt sie Gramusel, weildasser so gut Skat spielen un in'n Skat gewinnen kann. Mit ganz liebe Wörter! Un bein Abwaschen, denn flucht sie wieder. So kommen sie alle beide zu ihren Recht – was ümmer noch das beste aufer Welt is – un auf sone Tour machen se heutzutage ja sogar Politik!«

BOOTSMANN BAKENHUS

Erika Möhlenbeck goß sich bei's Abendbrot neuen Kaffe inne Tasse, un denn fragte sie ihren Bruder: »Du, Gerd, der Mensch, wo du gestern so lange mit in'n Schienfatt gewesen bist, war das der, wo ich dich inner Obernstraße mit gesehn hab? Der so komisch kuckt?«

Käppen Möhlenbeck gab ernsthaftig Antwort: »Woso komisch? Der muß so kucken. Das liegt an sein Genick! Un das mit'n Schienfatt kam davon, – daß das so lang gedauert hat, mein ich – das kam davon, weil ich ihn in dreißig kalte Winter nich gesehn hatt. Mein ollen Bootsmann war das, Eka! Vonner ›Senta Wagner‹! Den ollen Schraubendampfer – anno zweiunddreißig.«

»Denn kenn ich ihn woll nich«, meinte Erika.

»Aber ich, Deern! Un wie! Un auf alle sieben Seen haben sie ihn gekannt! Der hatte vor keinen Menschen Angst, un mitte Fäuste war der fixer als alle annern. Wo der hingehaun hat, da is nich mal mehr Seegras gewachsen. Un das is zäh. – Nee, in Acapulco, als da noch keine Badegäste warn, als das da noch richtig schön war, da hat Bakenhus mal ganz allein 'ne Kneipe so dannig aufgeräumt, dasse da denn nachher 'ne neue hinbaun mußten.«

Erika schuderte sich: »Dascha'n gräsigen Kerl! Warum das denn?«

»Weil se ihn vorher'n Messer ins Kreuz gestochen hatten. Un das konnt er nich so gern haben.«

Mit große Augen rief Erika: »Was denn? Mit'n Messer in'n Kreuz hat der den Krug kaputtgemacht?«
»Das stach ihm ja doch achtern drin! Das hat ihn doch vorn bein Aufräumen nich gestört ... Ja, das warn noch schöne Zeiten! Un ich sag ja: vor nix hatte der Angst. Nich mal vor'n Spuk! Hatter auch mit zu tun gehabt!«
Erika hob die eine Hand hoch: »Nu fang nich wieder mit deinen Klabautermann an, Gerd!«
»Nee, nee, 'n rejellen Spuk! Da fuhr er noch aufer ›Stella Baltica‹, glaub ich, zuminnst aberst aufer Ostsee. Un da wollt keiner vonner Crew mehr in'n Laderaum gehn. Da spukte das, sagten sie, un sie dibberten inne Büx. Das war nehmlich so: die Stella hatte Stückgut geladen – un die Kisten in'n Laderaum, die haben aufmal angefangen zu reden ...«
Da kam Erika hoch: »Gerd Möhlenbeck, red keinen Stuß!«
»Un ich sag dir, wenn bloß büschen Wind aufkam, denn fingen die Kisten an zu reden un zu weinen.«
»Hör auf, Menschenskind! Willst du mir vielleicht erzählen, die Kisten warn seekrank?!«
Der Käppen hatte sein ernsthaftiges Gesicht aufgesetzt: »Das war aber so, Eka! Un, wie ich sag, keiner vonne Leute wollt mehr in'n Laderaum! Wegen das Schrein un Weinen vonne Kisten. Bis Bootsmann Bakenhus das zu dumm wurd. Er ging mit'n gadliches Stemmeisen nach unten, stemmte eine vonne Kisten auf, wo die wieder bei anfing zu schrein, was ihm aber nich störte. Un denn wußt er Bescheid! Die Kisten, die sollten von

Finnland nach Portugal gehn – un da warn Puppen in! Un wenn der Dampfer sich überlegte, denn schrien die Puppen ›Mama!‹ – un geweint haben sie denn auch.«
Erika holte ganz tief Luft: »Gerd Möhlenbeck, wenn ein bei dir doch bloß man wüßte, wenne lügst ... Aber – na ja, dies könnt ja meist in Wahrheit passiert sein ... Un dein Bakenhus, der hat das rausgekricht?«
Ihr Bruder schüttelte büschen mit seinen Kopf: »Damals war er ja noch nich mein Bakenhus. Auf mein Schiff kam er erst paar Jahre später. Aber auf meine alte ›Senta Wagner‹ hatter sich denn ja seinen Kopfschaden weggeholt.«
»Wieso? Isser tüdelig?«
Möhlenbeck wurde meist büschen vergrellt: »Bakenhus? Der is jüst so fix ins Denken un Begreifen als wie ich! Wenner auch bloß Bootsmann war ... Nee, sein Genick hat er steif gekricht, total steif, weiler so gern inner Maschine gesessen hat, indem das da so schön warm war. Der arme Deuwel hat ja ümmerzu gefroren, weil er so doll kaltblütig war. Ich hab das ja schon gesagt, nich?«
»Du hast schon allerhand gesagt heute.«
»Du wolltst ja auch was hörn, Eka. – Na ja, Bakenhus saß also in'n Maschinenraum, wenner man Zeit hatte – un die Senta war ja nu einer vonne ersten Schraubendampfer. Somit hatte sie inner Maschine denn auch noch keine Druckventile, nee, da warn noch Zugventile in. Un davon zog das denn ja auch in'n Maschinenraum ümmer so doll, jüst inner Höhe von Bakenhus sein Genick. Süh, un da is das denn steif von geworden.«

Da kam Erika nich mit: »Du, das – das kann doch woll nich angehn ... Un denn, mit'n steifes Genick kann ein an Bord doch überhaupt nich arbeiten!«
Aber Möhlenbeck war nu voll in Fahrt: »Son Bootsmann kann das. Der kuckt sowieso ümmer bloß nach vorn, wo ja die Anker sind un die Lademasten un der Farbenstore, wo er Baas über is. Was achtern passiert, das fühlt'n guten Bootsmann sowieso. Da kuckt der garnich hin. Un bei 'ner Prügelei sagen die annern ihm sowieso, wenn einer von achtern kommt. Nee, das war alles garnich mal so schlimm ...«
»Ich weiß nich, Gerd, so mit'n steifes Genick rumlaufen, das muß aber doch man plöterig sein.«
»Is manchmal sogar richtig 'n Drama, Eka! Kuck mal, bei Bootsmann Bakenhus war das ümmer denn sünnerlich schlimm, wenn er Grog trinken wollt oder Schluck un Bier. Un das tut er heut un diesen Tag ümmer noch zu gern.«
»So wie du!« kam Erika ihre spitzige Stimme.
Käppen Möhlenbeck blieb aberst in volle Ruhe. Er smustergriente: »Bloß daß ich kein steifes Genick hab! Stell dir doch bloß mal vor, Eka, der arme Mensch von Bakenhus saß denn auf seinen Stuhl, hatte das Glas vor'n Mund gehoben un konnt den Kopp nich nach achtern kriegen! Aber seine Crew war fix auf Draht! Zwei Jungmänner standen denn ümmer neben ihm – un die kippten ihn mit seinen Stuhl so mit'n scharfen Ruck nach achtern. Denn pulterte ihm der Schnaps oder was es war in'n Hals – un bis die beiden Jungmänner ihren Bootsmann wieder nach vorn kippten, hatte der den

Schluck ja all lange die Kehle runter. – Bloß daß die beiden Jungs, wenn Bakenhus sich son richtigen Brand angefüttert hatte, denn sind die neegsten Morgen denn ümmer mit'n ganzen bannigen Muskelkater rumgelaufen.«

AUF DER GRÜNEN WIESE

Möhlenbeck hatte beide Ellbogen auf den Stammtisch in'n »Schienfatt« gestützt un kuckte Steuermann Behrens un Fiedi Hagedorn mit tiefgründige Augen an. Denn hob er seinen rechten Weisefinger hoch, wiwakte da was mit rum un sprach:

»Auf See kannst die dollsten Leute kennenlernen. Ab un an haben wir auf'n Frachter ja auch woll Paschiers mitgenommen – un die welchen davon warn denn auch ganz drollig. Mal hatt ich'n rejellen amerikanischen Millionär an Bord. War eigens 'n Deutscher – Harm Butendiek hiesser zuerst, hatter mir mal inner langen Nacht verraten, un war eigens aus Jaderkreuzmooraußendeich. Aber denn war er nache USA gegangen, hieß da denn James Outdike un fing an mit Tellerabwaschen un Büroausfegen. Mal hatter dabei 'ne Nadel auf'n Flur liegen sehn un aufgehoben ... Nee, nee, nich daß'n Direkter das gesehn un ihm Schangs gegeben hat, wie se's ümmer vonne Millionäre ihren Anfang erzählen! Nee, ganz ins Gegenteil! An der Nadel, da hatte nehmlich 'n ganzen dicken Diamant angesessen – un den hatte Harm verkauft. Denn kam da fix Geld nach – de Düwel schitt ja jümmer op den gröttsten Bülten. Na ja, diesen Harm, der hat nu 'ne Fabrik, wo se Mülleimers in machen. Er is also eigens 'n Müll-jonär, aberst 'n aasig netten Kerl.

Nach paar Nächte hatter mir auf'n Achterdeck auch erzählt, wie er zu seine Frau gekommen war. Die hatter inner Bahn kennengelernt, ohne daß sie ihm zu sehn

krichte. Zuminnst erst nich, denn wohl. Sie war ja auch nich inner Bahn ... Nee, Moment eben, ich fang das Garn von vorn an!
Der Millionär Harm, als er nehmlich schon einer war, der fuhr mal mit'n Zug einerwegens durch Deutschland. Un anner Backbordseite von den Zug, wo er insaß, da konnt er mitnmal auf 'ne Wiese kucken – süh, un das mocht er, weil da'n junge Deern auf lagerte. War sogar'n sonnerlich hübsche junge Deern – un zwarst an ihren ganzen Körper. Konnt ein gut sehn, sagte Harm, indem sie dalag zu inne Sonne baden, un da hatte sie nix bei an, war barfuß bis an'n Hals. Un da kam das über Harm – als'n Elektroblitz, hatter gesagt – un er jumpte hoch, zog die Notbremse un stieg aus. Denn rannte er hin nach der söten Deern un machte ihr so ausser kalten Lamäng 'n Heiratsantrag.
Nu war die Deern ja platt, – wenn auch nich an ihren Körper, – un scheniert hat sie sich auch ja son büschen. Der Schaffner kam aus seinen Zug gejagt vonwegen Mißbrauch anner Notbremse, un die Deern riß aus. Mülljonär Harm hat fix in Dollars bezahlt, un denn man achter der Deern her. Da stand aber der ihr Vater schon inner Tür, das gab beinah Havarie, aberst denn kamen sie sich alle näher. Un was son rechten Millionär is, der hat ja nich bloß fix Kies. Nee, wenn er aus'n Oldenburgischen kömmt, denn is er ja auch bannig standhaft, indem er denn ja besonners große Füße hat. Süh, un das kam alles zusammen, un der Vater von der Deern wurde ihm ümmer günstiger. Die Deern selbst hat ihm gleich gemocht – hatse jedenfalls nachher

gesagt, aber das sagen se wohl ümmer – na, un denn haben die beiden geheirat un sind ümmer gut mitnanner ausgekommen. Bloß – einmal in'n Jahr zog unsen Millionär allein los, auf Seereise, indem seine Frau da ümmer seekrank bei wird.

Tja, so saßen wir denn da unter'n südpazifischen Mond, der auf'n Rücken liegt, weil er aufer annern Seite von'n Globus scheint. Un wir klöhnten was her. Da meinte Harm aufmal, ob ich nich mal für ihn die Strecke längsfahrn könnt, wo er sein Gretel kennengelernt hat. Er hätt da in'n Augenblick kein Zeit für, un was ich da woll paar Fotos machen wollt für ihn. Wenn ich wieder Urlaub hätt. Tjä, das wollt ich denn ja gern machen.

In Yokohama ging Harm von Bord, wir fuhren zurück, un ich krichte meinen Urlaub. Also ich denn nach'n Bahnhoff un rein in den Zug: die Strecke, wo Millionen-Harm sein Frauensmensch damals vonne grüne Wiese gepflückt hatte. Ich hatt genaue Segelanweisung, welche Station un was für'n Dorf – Landmarke: Kirchturm mit sone Tulpenzibbel – un den konnt ich auch all von weiten sehn. Man als ich meinen Knipskasten prat hatte un wollt aufstehn un die Biller für Harm machen, indem die Wiese nu gleich kommen mußte – da kam der Schaffner rein un zog die Vorhänge anne Fenster runter! Duster war's un alles pottendicht. Ich war vielleicht inne Braß! Aberst als ich mir das überlegt hatt un den Vorhang wieder hoch, da war die Wiese un das Dorf, da war das alles all lang vorbei.

Ich nu ganz vergrellt hinter den Schaffner her. Drei Wagens weiter hab ich ihn denn auch zu halten gekricht.

›Herr Schaffner!‹ hab ich gesagt mit all den Zorn, den ich in meine Adern hatte, ›Herr Schaffner! Ich hab mitte Molukker un mitte Buschmänner un mitte Maoris zu tun gehabt, un das nich zu knapp! Aber sowas hab ich noch nich mitgemacht! Ich steh da un will Fotobiller machen, für'n guten Freund auch noch – un Sie kommen an als son Killerwal un ziehn die Gardinen dicht, un ich steh da mit meinen unbelichteten Knipskasten! Sie sollten sich Ihren Kompaß mal justieren lassen! Sie sind ja woll rein von'n Hammerhai gebissen?!‹
Da aberst zuckte der Schaffner man mitte Schultern un sagte: ›Ich kann da nix für, bester Mann. Das is'n Vorschrift vonne Eisenbahndirektion. Alles wegen die blöde Notbremse. Die Leute sagen, hier is mal vor viele Jahre son bescheuerten Ami längsgefahren, un der hat 'ne nackte Deern aufer Wiese gesehn, ihren Vater 'ne Million inne Hand gedrückt un die Deern nach Amerika geheirat. Sagen die Leute. Un wenn nu unser Zug hier längsfährt, denn liegen nu schon all die Jahre ümmer alle jungen Deerns aus'n Dorf nackt aufer Wiese. Un denn is ümmer zuminnst einer in unsern Zug, der denn die Notbremse zieht. Ich mein, ich kann das ja verstehn soweit – aber denn kommt ja doch ümmer unser Fahrplan ganz durchhin! Un davon muß ich vor die nackigte Wiese ümmer die Vorhänge dichtmachen.‹
Tja, un da hab ich denn meinen Millionärfreund geschrieben, warum daß es nix werden konnt mitte Fotobiller – un daß sowas dabei rauskommt, wenne nackigten Mädchen mit'n Fahrplan vonne Eisenbahn zusammenstoßen.«

KRACH

Möhlenbeck war verreist gewesen, nach seinen ollen Freund Käppen Jensen, für paar Tage. Nu saß er wieder inne Ecke vonner Küche, un seine Schwester, die wollt'n Barg wissen: »Hast dich gut amisiert die Tage bei din Freund Jensen, Gerd?«
Der Käppen wiwakte mit seinen Kopf: »Chott, was heißt amisiert? Wir haben fix geklöhnt. Sind ja bei kleinen meist vier Jahre, daß ich ihn nich gesehn hab. So lange is Jensen nu schon an Land. Un wir waren doch beide als Jungmänner aufer ›Doris Basse‹. Schnittige, ranke Bark, kann ich dir sagen – un gut anzusehn. Bloß man mußt ümmer bei ihr aufpassen, lief leicht mal aus'n Ruder ... Nee, ich seh Peter Jensen heute noch in seine leibliche Erscheinung an'n Ruder vonner ›Doris Basse‹ stehn. Un war nachher denn ja'n doll fixen Kaptän! Ümmer klar gefahren – hat nie keine Havarie gehabt!«
Erika hatte meist andächtige Augen: »Un sieht gut aus! Als son Kaptän in'n Fernsehn.«
»So?! Ich seh woll nich aus als wie'n Kaptän, was?«
»Doch, siehst du, Gerd. Aber nich als wie einer aus'n Fernsehn.«
»Das tut auch nich nötig. Wenn einer man klar fährt! Aber – was mir an Peter Jensen nich so doll gefällt: der Mensch lügt wie gedruckt!«
Mit'n Ruck kam Erika von ihren Stuhl hoch: »Was tut der?!«
»Er lügt!«

Erika wollt es nich glauben: »Un das mußt du jüst sagen, Gerd Möhlenbeck!«
Da aberst hatte sie ihren Bruder mitten ins Auge getroffen. Nu kam der auch hoch: »Moment mal, Erika! Wenn ich mal die Wahrheit – na, sagen wir, erst so richtig wahr mach – also gut, wenn ich mal was büschen deutlicher mach als daß es gewesen is, dann is das ja woll kein Lügen! Denn is das – denn is das vielleicht mal büschen übertrieben – wegen die bessere Deutlichkeit, verstehst du? Aber Peter Jensen, der hat in sone Sachen überhaupt kein büschen Schenierlichkeit! Was soll nu woll son Tühnkram mitte Seeslangen bei de Lakkediven, welche ...?«
Mit meist süße Stimme fiel Erika ihm inne Wörter: »Da hast du das doch selbst auch ümmer mit, Gerd?«
»Ich hab – na ja – ja natürlich! Aber Peter Jensen seine Seeschlangen sind dreiunzwanzig Meter'lang! Dreiunzwanzig Meter! Un dabei wern die nie nich länger als achtzehn Meter! Höchstens achtzehn un'n halben! Dreiunzwanzig Meter is doch jüst so gelogen wie die Schwertwale, die für ihren Säbel 'ne Wildlederscheide bei sich haben! Un dressierte Knurrhähne, die eingeschlafne Wachoffziere wachknurren! Sowas is doch dummes Zeug! Das is doch gelogen!«
»Aber gut gelogen is es doch!« meinte Erika – un der Käppen mußte das zugeben: »Ja, das is nu wieder wahr. Können kann er das ... Na ja, wir haben ja auch beide in einen Jahrgang Kaptänsexamen gemacht.«
»Un da muß man bei lügen können?«
Möhlenbeck haute mitter Faust auf'n Tisch: »Erika, nu

langt das aber bei kleinen! Das is ja woll was Honorigtes, son Examen!«
»Ich bin nu auch ganz ruhig«, begäuschte Erika ihren Bruder, un der fiel wieder ins tiefste Sinnen: »Zweiunvierzig Jahre is das mit'n Examen nu schon her – un vier Jahr nich gesehn. Junge, was haben wir alles zu erzählen gehabt! Und Schluck war satt da. Peter Jensen hatte seine Backskiste voll. Da fehlte nix. Sogar meinen Lieblingsakkervit hatter da gehabt. Das wußter noch! Ja, 'n Kerl isser, Peter Jensen – wenn er denn auch lügt.«
Da winkte Erika man ab: »Na ja ... Aber, sag mal, hast du mir nich mal erzählt, daß er so verrückt is mitte Geräusche?«
Der Käppen griente erst, aber denn krichte er wieder strenge Mienen: »Er is nich verrückt, Erika Möhlenbeck, er is empfindlich. Sensenbiel heißt das auf lateinisch. Un das is ganz was anderes! Wenn er denn eben auch ... Ja, als sein Wachoffzier mal nachts über Jensen seine Kaptänskammer aufer Brücke zugang war, da gab das Krach. Der Erste hat oben so doll mit den Brückenstuhl übern Fußboden geschurrt, daß Peter munter geworden is. Da is der so ins leibhaftige Nachthemd nach oben getobt un hat den Stuhl mit glühende Augen übere Kante inne See geschmissen. Un sein Wachoffzier hat man Glück gehabt, dasser ihm nich gleich mit versenkt hat. Das is wahr – da isser komisch. Aber so isser nu eben. – Typhon kann er auch ums Verrecken nich hören. Is ihm zu laut, sone Schiffssirene. Nee, Jensen hat erst ümmer Gefahrensignal geben lassen, wenn der annere ihm schon zwanzig Meter vorn Bug stand. Konnt

er nu mal nich haben, son Krach. Davon hat er ja auch heut noch kein Auto un keinen Hund un keine Frau. Nix was laut is.«

»Un davon wohnt er denn auch woll draußen vor seine Stadt?« wollt Erika wissen.

Möhlenbeck war richtig begeistert: »Is'n doll feines Eigenheim, Eka! Orrnlich mit Seebiller anne Wand un die Glocke von seinen letzten Dampfer. Chronometer übern Schreibtisch – alles was recht is, siehst sofort: bist bei'n rejellen Kaptän zu Besuch. Sogar ins Gästezimmer hängt'n Fliegenden Fisch übers Bett, 'n ausgestoppten.«

»Bist da denn überhaupt viel reingekommen, in dein Bett?« fragte Erika son büschen von achtern. Ihr Bruder faßte sich mit'n Finger in'n Pulloverkragen: »Chott, allzuviel nich.«

»Als wenn ich mir das nich gedacht hätt!«

»Nee, nee, Deern! Nich so ... Na ja, das auch ... Aberst eigens wegen Peter Jensen seinen Nachbar.«

Das war nu ganz was Neues für Erika: »War der da auch bei?«

»Nee. Aberst der hatte son großen Grammefonplattenkasten, zun Plattenabspielen, mein ich, un der machte einen Radau als ob du inne Maschine von son alten griechischen Seelenverkäufer stehst. Die Musik, die da rauskommt, die klingt auch recht so.«

»Wieso? Habt ihr die denn gehört?« fragte Erika mit leises Staunen, un ihr Bruder nickte dreimal mit seinen Kopf: »Das sollten wir woll! Den seine Wohnung un Peter Jensen seine, die stehn doch inne Mitte an ein- un dieselbigte Wand. Un direkt an diese Wand is drüben denn der Grammefonkasten. Bei uns sind die Blumenvasen meist von'n Tisch gejumpt! Was meinst, wie Peter sein Hängekompaß rumgetobt hat! Als bei elf Beaufort Nordwesten Wind! Un war ja schon eben vor Mitternacht! Peter Jensen is vielleicht an sein Telefon ran un hat den da drüben paar gute Worte gesagt. Aberst denn kam es anders. Der Flunki von Nachbar, der hat eine Beleidigung nache annere aus sich rausgelassen! Er wär in seine Wohnung – un in seine eigene Wohnung, da könnt jederein machen, was er wollt! Un die Wand zwüschen ihnen, die gehörte auf seine Seite ihm – un mit die Seite, da könnter auch machen, wasser wollt. Un Peter sollte seinen großen Babbel halten! Un gegen son starken Tobak, da kam nich mal Peter Jensen gegenan. Denn schmiß der drüben sogar noch paar Schaufel Kohlen mehr auf seinen Radaukasten, un da kam waraftigen Gotts der Hängekompaß ganz von oben!«

Erika war rein durchhin: »Mein Zeit doch auch! Das ischa'n gräsigen Kerl! Wie lange hat der denn son Krach gemacht?«

»Bis gegen zwei!« gnurrte Möhlenbeck, »Denn hatte er woll selbst genug un ging auf'n Bett. Wir hatten die ganze Zeit in Jensen seine Kammer gesessen un Akkervit auf den Arger gegossen. Viel Akkervit – war ja auch bannig viel Arger. Man als der drüben denn ruhig war, haben wir noch'n Stunde gewartet, dasser auch schlief – un denn sind wir in'n Keller gegangen, haben Peter Jensen seine Bohrmaschine genommen, un in die Betonwand nach Peter seinen Nachbar rüber, da haben wir –

mit schöne Pausen zwüschen – fünf Löcher gebohrt.«
Da kam Erika steil ins Ende: »Nee doch!«
Der Käppen griente von sein Backbord-Ohr bis nach Steuerbord rüber: »Aber fix, mein Deern! Un denn telefonierte der von drüben an un schümpfte mit Peter als son Verrückten. Man da hat Peter ihm all das wiedererzählt vonner eigenen Wohnung un so – un dasser das nu ümmer so machen würde – dasser nachts ümmer so gern büschen bohrt, da hätter denn so schön Ruhe zu … Denn haben wir uns'n neuen Buddel Akkervit gegriffen un sind wieder runter in'n Keller. Erstmal haben wir 'ne halbe Stunde gewartet un denn wieder fünf Löcher inne Wand gebohrt un denn wieder 'ne halbe Stunde bloß Akkervit un wieder fünf Löcher inne Wand. Denn war das morgens früh – un beis zweiunvierzigste Loch haben wir aufgehört – indem Peter un ich ja genau vor 42 Jahre zusammen Examen gemacht hatten – so als'n – 'n Sündrom sagt ein da woll zu.«
Erika war rein aus'n Tüt: »Du liebe Zeit! Un – Peter Jensen sein Nachbar?«
Nu grinste Möhlenbeck mit sein ganzes Gesicht: »Der hat annern Tag vor unsere sichtbaren Augen seine Musikmaschine wegfahren lassen. Nach seinen Sohn. Nu soll Peter Jensen woll Ruhe haben in sein Haus.«

DER PFINGSTBAUM

Enno Behrens hatte zu Pfingsten 'n Maibaum neben Käppen Möhlenbeck seine Haustür gestellt. Erika war da richtig gerührt über: »Is doch'n lieben Kerl, diesen Enno Behrens! 'n Pfingstbaum hatter ja woll noch nie nich aufgestellt!«

Das wußt ihr Bruder nu aber besser: »Doch! Hat das schon mal gegeben, Eka! Mir hatter schon mal zu Pfingsten einen neben meine Kammer gestellt. Mitten auf'n Indischen Ozean – acht Tage von'n nächsten Land.«

»Gerd Möhlenbeck! Wo soll der da woll'n Maibaum hergekricht haben?!«

Möhlenbeck wedelte bloß mitter Hand: »Och, Enno wußt sich all ümmer zu helfen. Is eigens'n Jammer, dasser nich Kaptän geworden is. Ich mein, Steuermann is ja auch all was, aberst ... Na ja, als Kaptän musser aber natürlich fix Bescheid wissen mit seine deutsche Sprache unner Germattik – un da isser nu mal nich so gut in als wie ich ... Aber – ich wollt dir ja verklaren, wo er mitten auf'n Indischen Ozean 'n Pfingstbaum hergekricht hat. Süh, das war so: Wir hatten inner Nacht Maschinenschaden gehabt un paar Stunden gelegen. Inner Nähe war aber'n Korallenriff, un da war Enno ganz stiekum mit'n Boot hingefahren un hatte'n gadliches Stück von abgebrochen, son Korallenstamm. Da hatte er ja all das größte Ende für den Maibaum. Denn hatter noch fix grüne Algen vons Riff abgepflückt, die übere Korallenäste gebammelt, un da sah der Pfingstbaum man einmal feierlich aus. Bloß daß der Decksjunge alle

Stunde paar Pützen Wasser übern Maibaum gießen mußt, sonst wär das Grüne in sone Bullenhitze ja bein Zukucken braun geworden. Das is ja so bannig heiß da, kannst dir garnich vorstellen! Ich hatt 'ne Flasche Wein in mein Schapp, da is noch inner Flasche Glühwein aus geworden! Wenn wir uns da büschen abkühlen wollten, denn haben wir Grog getrunken. Un in'n Indischen Ozean war das noch nich mal an'n dollsten! Ich war mal auf 'ne Insel inner Südsee, direkt untern Äquator, wo der Mensch über Mittag noch nich mal'n Schatten bei sich hat vor lauter Hitze. Da mußt ich ümmer'n Gürtel um'n Leib haben. Die Hosenknöppe, die schmorten man ümmer so weg, un denn standst da in'n Freien. Un das ischa peinlich. Meinen Bootsmann sin die Goldkronen in'n Mund geschmolzen, so warm war das! – Mitte Kartoffeln is das da auch man sone Sache. Die verbrennen manchmal inner Erde. Davon haben sie da hochstämmige Kartoffeln gezücht, sowas bei annerthalb Meter hoch. Kannst auch viel besser ernten, mußt dich nich so doll bei bücken. Süh, un diese hochstämmigen Kartoffeln, die kriegen ja so viel Sonne un Hitze – die setzen morgens Frucht an – un abends kannst sie schon als Bratkartoffeln abpflücken ... Tja, das is was ... Anners wieder: wenn das so saukalt is, wie ich das ja auch all mitgemacht hab, denn isses manchmal auch nich mehr schön. In Grönland un ins Eismeer un so um'n Nordpol un'n Südpol rum. Da isses manchmal so kalt, daß sogar die Pinguine Husten un Schnuppen kriegen un man so rumschnattern. Un die können anners fix was ab. Is so kalt, mußt ümmer laufen. Wenne stehn bleibst, frierste fest. Darfst nich hinkucken, wenn einer Zitronen essen tut, indem dir denn schon die Spucke in'n Mund festfriert. Un was meinst, mit was für Speed du dein Essen runterwürgen mußt! Sonst kannst die Suppe lutschen! Bei'n Bier mußt den Buddel ums Bier kaputthaun, weil das inner Flasche drin ein gefrorenes Stück Bier is. Darum kannst an'n Nordpol auch nix werden mit Bierdosen ... Nee, nee, das einzige, was erst nach 'ne ganze Zeit friert, das is der Tran, den se vonne Fische machen. Un das is man gut, denn Tran braucht ein da oben. Wegen die Därme! Die bleiben da schön weich von. Muß ein viel von zu sich nehmen, von den Tran. Haben die Eskimos erfunnen!«

Da fiel Erika was bei ein: »Du, die küssen sich doch mitter Nase, nich?«

»Hab ich nie mitgemacht, Eka, aber gesagt wird's ja woll.«

»Un – Gerd – un krichst du da nich die Frau so als – als Gastgeschenk, wenne bei son Eskimo ins Haus kömmst?«

Möhlenbeck wiwakte mit seinen Kopf: »Früher woll, aber in unsere Zeit nich mehr. Un is auch man gut.«

»Das wunnert mich ja nu, Gerd, daß du das jüst sagst.«

»Tjä, weißt du, Eka, das is wegen ihr Parföng. Ich bin man bange, das machen se auch aus Tran.«

»Na ja, wenn se den denn doch so nötig brauchen.«

»Das isses ja!« Möhlenbeck hob seinen Weisefinger hoch: »Sie brauchen ihm ja auch noch füre Erdachse. Süh, oben bein Nordpol un unten bein Südpol, da kuckt ja doch die Erdachse raus, wo sich die Erde um dreht. Un die muß geschmiert wern. Öl is nu ja aber bannig teuer. Un so nehmen sie da auch Tran zu. Nu is das da oben aber ja so gräsig kalt – un sone Kälte über hunnert Grad, die können bloße Eskimos ab. Davon haben se'n ganzen Hümpel Eskimos nache Pole hingeschickt zu Erdachse schmieren. Die verdienen gutes Geld, Eka, Schmiergeld heißt das. Hast heut ja viel. Aber nu sollen da oben auch woll Maschinen aufgestellt werden. Mit Maschinen flutscht das Schmieren noch besser, sagen se. Werden auch schon gebaut, die Apperaten, die denn mitten ins Eis aufgestellt werden. In Italien wern se gebaut. Die haben ja fix was los mit Eis un Eismaschinen.«

Nu langte Erika das aber, un sie sagte mit sehr strenge Stimme: »So, Gerd Möhlenbeck, du meinst, du hättst mir sonstwas übergebraten! Aber du solltst dich man lieber ab un an erinnern, wasse Leute so von dir denken! Oder magst das nich mehr wahrhaben, was der Mann annerletzt gesagt hat? Damals in den Reisebus? Als wir in'n Sommer büschen inne Lüneburger Heide gefahren sind? Ich seh deinen roten Kopp noch, als der Mann hinter uns aufmal zu seine Frau sagte: ›Kuck mal, Lisbeth, das is doch Käppen Möhlenbeck, der so gewaltig lügen kann?‹«

Möhlenbeck war gnatschig: »Das weiß ich nich mehr!«

Erika aberst wurde noch'n Spur lauter: »Nee, was? Un was der Reiseleiter zu all die Passaschiers gesagt hat, als ich denn da so inner Heide stand, das weißt sowieso nich! Da hast du inner Kneipe gesessen zu Bier un Schluck trinken! Aber da hättst mal hören können, wasse Leute von mir denken! Ich stand da so her, mitten zwüschene Machangels unne Birken. Rundumzu son langes, weißes Gras un auf den gelben Sand ganz viel Heidekraut, un das blühte vor lauter Gewalt. Un da kam unser Reiseleiter angegangen mit son dreißig Leute. Aufmal kuckte er un zeigt mit seine Hand nach mir hin un ruft laut un vor alle Leute: ›Nu sehn Sie doch bloß mal diese wunderschöne Erika!‹ – Un das is nich mal gelogen! Nu biste platt, was?!«

TIERE FANGEN

Erika Möhlenbeck schmiß die Zeitung auf'n Handstein un schuderte sich richtig: »Hast das gelesen, Gerd? Wie se inner Stadt die olle große Schlange gefangen haben, nachdem dasse ausgerissen war? Das wär ja gräsig, wenn hier aufmal son Biest inne Küche reinzukriechen käm, wo ich all bange vor Mäuse bin!«

Möhlenbeck mußte es zugeben: »Schön wär's woll nich ... Die Schlange, die ausgebüxt war, das is 'ne Pythia-Schlange, un die wern nu mal bannig lang. Ich hab mal eine gesehn ...«

»Aufe Lakkediven?« fragte Erika so ganz nebenher.

»Nee, das sind ja Seeschlangen. Die ich nu mein, die is mir bei Batavia übern Weg gelaufen, was heut Djakarta heißt ... Na ja, sie is mehr gekrochen als gelaufen. Un die war so lang, die is auf ihren eigenen Steert losgegangen – richtig reingebissen hat sie, indem sie gedacht hat, das wär 'ne fremde Schlange. Un das hat woll fünf Minuten gedauert, bisses vorn an der Schlange wehgetan hat – bisse das gemerkt hat, mein ich – so lang war die! Ja, ja – sone gibt das ... Überhaupt Schlangen ... Sone Pythia-Schlange is ja zuminnst nich giftig. Mit Klapperschlangen isses da schon ganz anners. Da mußt dich vor wegwahren! Wenn se nich tot sind ... Ich mein – ich hab – ja, ich hab mal eine gesehn – in Texas war das, wo sowieso schon alles viel größer is als sonst inner Welt. Un die Klapperschlange da, das war'n ganz sonnerliches Biest. Son sechs Meter lang, können auch

woll acht gewesen sein. Die Giftzähne, die kuckten ihr aus'n Maul als bei'n Wildschwein – büschen gelb warn se, richtig zun Graulen – un diese Klapperschlange, die war nu tot.«
»Denn hat sie wohl nich mehr geklappert?«
»Nee, das tun se denn nich mehr, wenn se tot sind.«
»Un wo war das arme Tier an gestorben?« wollt Erika wissen.
Möhlenbeck kuckte seine Schwester ganz lange un mit nachdenkerige Augen an: »Das war ja grad das Komische, daß da nix an zu sehn war, warum dasse tot war! Nix an kaputt, sah glatt un schier aus – un war dabei so tot als sone Klapperschlange man tot sein kann.«
»Vielleicht hat sie ja'n Herzschlag gekricht, als sie dich gesehn hat?«
Aberst das ließ der Käppen sich nich gefallen: »Erika Möhlenbeck, dies is 'ne ganz ernsthafte Sache is das! Das hat ein nich alle Tage, daß sone gesunde Klapperschlange aufmal so tot is! Aber unser Borddokter, der war mit auf den Ausflug, un der versteht was von Schlangen. Wollt eigens Tierdokter werden, hatter denn aber aufgegeben, weildasse Tiere nie nich sagen können, wo ihnen das wehtut. Nu isser woll Menschendokter, aber er liest ümmer noch inne Bücher übere Tiere. Der hat die Klapperschlange denn eben untersucht – un der hat auch rausgefunden, warum das olle giftige Biest tot war.«
»Nu mach das nich so spannend, Gerd! Was hatte sie denn?«
»Was du das nu glaubst oder nich, Eka: die Klapper-

schlange hatte sich mit ihren Giftzahn aufe Zunge gebissen!«
»Das muscha'n gräsigen Tod sein sowas!« sagte Erika mit'n ganz unzugängliches Gesicht. Ihr Bruder nickköpfte: »Da kannst auf ab, Eka. Son Gift schmeckt ja woll auch noch nichmal so gut ... Ja, das war überhaupt 'ne dolle Reise – achtundreißig war das, glaub ich. Da fuhr ich aufer ›Charlotte Funke‹. War'n doll gutes Schiff, konntst fix was mit machen. Hielt sich auch gut in'n Sturm. Da sind wir auch mit nach Kanada raufgegangen, die Seen hoch. Lag noch Eis, ja ... Un das is ja so bannig kalt in Kanada, sonnerlich in'n Winter. Kannst dich garnich gegen anziehn. Aber is ja auch wieder gut bein Hasenfangen, sone Kälte.«
»Sag mal, du bist jawoll zwüschene Bohnen an'n Erbsenpflücken?!« rief Erika, »Wie kommst denn nu auf'n Hasenfangen?«
»Tja, Deern, da haben sie in Kanada 'n ganz dolles Patent. Ich hab ja man gestaunt hab ich ja man. Wenn das so richtig knackenkalt is, denn setzen die Kanadier an'n Abend auf'n Feld 'ne große Kerze hin un stechen ihr an. Son dickes Stearinlicht. Un da legen sie Zwiebelstücke rund umzu – von sone ganz scharfen Schalotten. Masse Zwiebeln liegen da denn – vierzehn Tage später denkst noch, du bist auf'n Balkan. Un diese Zwiebeln, die sind wegen die Hasen. Nehmlich: Hasen sind gräsig neugierig! Un wenn die bei Nacht nu die Kerze sehn, denn kommen sie alle an un setzen sich da in'n Kring um rum. Nu isses aber auch wieder so, daß Hasen keine Zwiebeln abkönnen, sonnerlich keine Schalotten: da

tränen ihnen die Augen ümmer so bannig von. Un wenn das denn so richtig frieren tut, un den Hasen laufen die Tränen man so ausse Augen aufe Erde runter, denn frieren sie da an fest. Un denn brechen die Kanadier die Hasen an'n nächsten Morgen ab. So einfach is das.«

»Ja, das isses wirklich«, sagte Erika, wo sich kein Muskel in ihr Gesicht bei bewegte. Un ihr Bruder war fix in Fahrt: »Büschen anners machen se das ja aufe Molukken, weißt woll, die Gewürzinseln, wo der Pfeffer wächst. Da streun se ganz viel Pfeffer auf'n großen Feldstein, un die Hasen kommen denn ...«

»Sind die aufe Molukken amenn ebenso neugierig als wie die in Kanada?«

»Jüst akkrat so! Die kommen denn also an den dicken Stein un schnuppern da an, un denn müssen se von den Pfeffer niesen un knallen mitte Köppe auf den Stein. Da fallen se denn bei inne Ohnmachten, un die Molukkers können se man so einsammeln.«

»Aha ...« gnurrte Erika, »Aber so weit braucht ein garnich mal fahren, bis dahin, wo der Pfeffer wächst, wenner Tiere fangen will auf'n sonnerliche Art. Ich weiß noch, wie der Paster von Abtshagen ümmer die Mäuse gefangen hat. Der hatte doch so viel Mäuse.«

»Kirchenmäuse«, nickköpfte Möhlenbeck. Man diesmal wußte Erika es besser: »Nee, die sin in Abtshagen ümmer verhungert. Aber in seine pastörliche Wohnung hatte der so viel Mäuse. Un wenn er denn über seine Predigt saß zu brüten un die Mäuse liefen in seine Stube was rum, denn störte ihm das.«

»Muß ein Verständnis für haben, Eka«, gab der Käppen zu, »bei sone geistliche Arbeit. Das hört da denn ja auch nich hin! Un was hat der Paster gemacht? Wie hatter die Mäuse gefangen?«
Erika wurde größer in ihren Stuhl: »Ganz anners als die Molukker deine Hasen, Gerd Möhlenbeck! Der Paster hat die Mäuse so in Angst gemacht, dasse sich unter seinen großen Eichenschrank versteckt haben. Un denn is er beigegangen un hat ganz fix die vier Beine von den Schrank abgesägt, un der Schrank is aufe Erde gesackt, un die Mäuse warn hin! So hat der Paster von Abtshagen das gemacht! Un hat es selbst erzählt! Weildaß er nehmlich noch schlauer war als deine Schalotten-Kanadier – un weildasser noch gräsiger lügen konnt als du! So!!«

Möhlenbeck kuckte übern Stammtisch weg un fragte Steuermann Behrens: »Du kennst doch Steuermann Päpke, Behrens? Der zuletzt bei Laeisz gefahren hat?«
Behrens nickköpfte: »Was sollt ich Päpke woll nich kennen? Un ich kann das heut un diesen Tag noch nich verstehn, daß der auf seine alten Tage noch das Heiraten gekricht hat! Un nu überhaupt nich mehr aus'n Haus kommt!«
Möhlenbeck nahm die Pfeife aus'n Mund: »Da wollt ich ihn mal nach fragen. Dazu bin ich nach ihn hingegangen. Un da – da saß Päpke untern Tisch von seine Wohnstube.«
Hagedorn scheuerte sich sein Ohr: »Wo saß der?«
Der Käppen holte tief Luft: »Untern Tisch, Hagedorn! Un vor den Tisch stand Päpke seine Frau un zausterte auf ihm ein, konntst Zustände bei kriegen, beis Hören all! Die Wohnungstür war offen gewesen – un aufmal sah das wütige Fraunsmensch mich inner Stube stehn. Sie kuckte, als wennse mir mitten durchbohren wollt, haute nochmal mit ihren Fuß an'n Tisch, daß der man so wackelte – un denn scheeste sie raus un haute die Tür achter sich dicht, dasses man so wummern tat. Mein Zeit, is das'n Donnerschlag von Weibsmensch! Denn kam Päpke untern Tisch raus, war recht noch'n büschen blaß umme Nase. Aberst er ging auch nacher Tür, haute da mitte knülle Faust gegen un sagte: ›So!‹ Denn hab ich ihn gefragt, woso er eigens untern Tisch

gesessen hätt. Un da hat er auf gesagt: ›Das hier is meine Wohnung, un dadrin kann ich sitzen, wo ich will!‹ Na, un da hatter denn ja recht in.«
Behrens schüttelte mit'n Kopf: »Un was war das sonst ümmer für'n bramarbastigen Kerl, diesen Päpke!«
»Ja«, meinte Möhlenbeck, »vordem dasser geheirat hat! Aber wie das mit seine Frau gekommen war, das hatter mir denn erzählt. Er hatte'n Buddel Akkervit verstochen gehabt – draußen inner Dachrinne, konnter vonner Mansarde aus ran. Da liegt der Schnaps denn ja auch schön kühl, is Nordseite. Na, den Buddel hatter also reingeholt, indem wir büschen Zeit hatten. Seine Frau hatte ihn bloß eben noch vergattert, un denn war sie nach ihre Freundin gegangen, jüst als ich kam. Un wenn die bei ihre Freundin is, denn schümpfen sie ümmer so bannig auf andere Leute, das dauert denn leicht kleine zwei Stunden, sagte Päpke. Un als die Buddel halb leer war, da kam denn ja raus, wie das zugegangen war mitter Heiraterei. Päpke hat die Frau, die nu ja leider seine is, die hatter bei 'ne Party kennengelernt. Ich sag ja ümmer, Parties taugen garnix! Anners auch wieder – seine Frau sieht soweit garnich mal so schlecht aus, zuminnst von weiten nich un wenn sie nich schümpft. Un Päpke is ja auch der Jüngste nich mehr un wird bei kleinen bequem ... Tjä, un sie hat ihm damals denn eingeladen, bei sich nach Hause. Er is hingegangen, auch öfters mal. Abends auch, un war denn morgens noch da. Chott ja, is schließlich'n Mann. Un paarmal kam grad denn, wenn er da war, der Geldbriefträger un bracht ihr dreitausend Mark, ümmer so um'n Ersten rum. Verdammt

gute Rente, dacht Päpke da. Un denn hat sie ihm auch noch gesagt, sie hätt geerbt un das wärn bloß die Zinsen. Süh, un da fing Päpke denn ja ganz bannig an zu rechen … Dreitausend in'n Monat – das sind, Augenblick – ja, sechsundreißigtausend Mark Zinsen in'n Jahr. Wenn wir denn man bloß zehn Prozent rechen, denn hatte die Olsch jawoll dreihunnertsechzigtausend Mark aufer Naht! So hat Päpke sich das ausgedacht. Man bloß er hat mit zwölf Prozent gerechent. Denn war das noch büschen mehr. Un da hatter ihr denn gestanden, dasser ihr lieben tät un was sie ihm nich büschen heiraten wollt. Kuck, un da wollt sie das, un sie haben es denn ja auch richtig gemacht.«
Hagedorn hatte sein ganzes Gesicht voll von Mitleid. Er dacht an seine Soffie, die ihn auch fix untere Füße hat, un so sagte er mit dustere Stimme: »Un nu muß der arme Kerl für das viele Geld untern Tisch sitzen!«
Man da mußte Möhlenbeck so abaasig lachen, daß die Lampe übern Stammtisch wackeln tat un Gastwirt Hollje vor lauter Schreck mit 'ne Runde Akkervit kam. Sowas is ja ümmer paßlich, un sie tranken ihm, un denn fing Möhlenbeck wieder an: »Für das viele Geld, sagst du, Hagedorn? Für das viele Geld! Nu halt euch man schön fest. Die dreitausend Mark, das war alles, was die Olsch gehabt hatte! Un tausend davon warn auch noch gepumpt! Sie hat sich das Geld ümmer sülben mitter Post geschickt, jüst ümmer denn, wenn Päpke bei ihr auf Besuch war! Der Briefträger wollt ihr auch all heiraten! Aber nu sitzt Päpke eben damit an un muß untern Tisch, wennse vergrellt is. Un wenn ers nich tut, denn

geht sie ihm mitte Fingernägel übere Klüsen. Annerletzt hab ich ihn noch inner Stadt getroffen – er mußt einkaufen – da war seine Steuerbordbacke total verschimpfiert mit lange Kratzers. Ich hab ihm gefragt, wieso, un er hat gesagt, das wär wegen seinen Hund. Der freut sich ümmer so, wenn Päpke nach Hause kommt, un denn springt er an ihm hoch, un denn kratzt er ihm manchmal aus Versehn.«
Behrens kuckte mit'n kleinen Grientje rüber: »Un was hast du da gesagt?«
Der Käppen legte sich in seinen Stuhl zurück: »Ich hab gesagt: von den Hund würd ich mich scheiden lassen!«
Da mußt Behrens lachen: »Hast woll recht, Möhlenbeck ... Aber sag mal, das sollt er doch nu würklich tun, sich von den alten Drachen scheiden lassen.«
Man Möhlenbeck machte bedenkliche Augen: »Da wird nie nix von, Behrens. Kuck, die ganze Heiraterei, die war verdreht genug. Un Päpke seine ehelichen Verhältnissen, die sind reinweg 'ne Katastrophe. Un nu noch 'ne Scheidung nach all sone mallen Zustände? Nee, Behrens, das steht er nich auch noch durch. Da isser nich der Mann für. Hat eben doch bloß ümmer aufer Nordsee unner Ostsee gefahren – Randmeere, Behrens! Un vor allen: er is eben kein Kaptän!«
Un da mußte Steuermann Behrens denn ja stillschweigen. Was er auch tat, indem er ein sünnerlich großes Glas Bier über seinen Zorn goß.

DER LEUCHTTURM

Erika Möhlenbeck kuckte von ihr Stricken hoch, rutschte auf ihren Küchenstuhl büschen nach vorn un sagte zu ihren Bruder: »Nu wollen se die letzten Leuchttürme auch noch stillegen, Gerd. Hab ich in'n Radio gehört. Is doch'n Jammer!«

Das meinte Käppen Möhlenbeck auch: »Isses, Eka! Wenn ich so an denk, was ein danach ümmer ausgekuckt hat, nach die ollen Türme, – sonnerlich aufer Rückreise, daß vonne Azoren un von Landsend doch man endlich das Licht in Sicht kommen sollt – un erst das von'n Rotesand ... Na ja, Licht is da ja heut auch noch, aberst – sagen wir mal: sitzt kein Mensch mehr achter. Bloß noch'n Computer – jüst als überall ... Un was sehn sone Türme man gut aus, so mitten inner See – rot un weiße Streifen ...«

»Meist als wie Fußballsocken«, sagte Erika. Damit hatte sie ihren Bruder aber was angetan. Der kuckte sie wild an: »E-ri-ka! Das is vielleicht'n dummen Schnack is das! Un denn – ümmer waren sie ja auch garnich so. Ganz früher waren das ja man Balkengerüste, meist als son Kran aus Holz. Da zogen sie'n eisern Gitterkorb an hoch. Mit Kohlen in, die brannten – un das war denn das Licht füre Schiffe.«

Erika kuckte den Käppen ziemlich zweifelhaft an: »Gerd! Bindst du mir nu all wieder einen auf?«

Der Käppen aber legte die Hand auf sein Herz, wenn er auch mehr den Magen zu fassen krichte: »Is echt wahr, Eka! So war das vor paarhunnert Jahre! In Skagen, oben auf'n dänischen Jütland, da steht noch so einer. Habense wieder auffiduzt. Un brennt einmal in'n Jahr mit Kohlen, so als wie das früher war. Alle Schiffe, die passieren, kriegen vorher Bescheid, dasse sich nich wunnern – un die Jungs müssen fix Kohlen nachlegen inner Nacht. Is ja alle Naslang ausgebrannt, der Korb.«

Erika hatte mit nachdenkliche Augen zugehört: »Bei Skagen, hast du gesagt?«

Möhlenbeck nickköpfte: »Jawoll, oben an'n Kattegatt. Is überhaupt meist'n Freilichtmuseum für Leuchttürme. Fünf Stück stehn da in'n ganzen beinanner. Bis hin zu ganz moderne. Bloß den allerneusten, den haben se da noch nich bei.«

»Wie geht der denn?« wollt Erika nu wissen.

Möhlenbeck nahm'n langen Zug aus seine Pfeife: »Da sind se noch bei zu probiern! Der hat'n krummen Strahl, verstehst? Das Licht is gebogen, un sie wolln es nu so krummkriegen, dasses genau mitter Erdkrümmung läuft. Denn kannst mit sonen Leuchtturm umme ganze Erde rumscheinen, mußt bloß'n starke Lampe haben. Un aufer Achterseite von den Turm müssen se die Fenster dichtmauern. Der Lichtstrahl kömmt ja annersrum wieder, wenner rund umme Erde geht. Denn aber könnt er den Leuchtturmwärter so dannig in'n Nacken scheinen, dasser vorn nix mehr sehn kann … Na ja, sie sind noch nich so weit … Aberst – was die Leuchttürme angeht – ich hab da mal mit einen zu tun gehabt, den durft das da, wo er war, eigentlich garnich geben!«

»Gerd Möhlenbeck!«

»Nee, nee, hör zu, Eka! Wir gehn durch'n Finnischen Meerbusen nach Norden. Steht da doch mit'n Mal 'n Leuchtturm voraus anner Kimm, Fuß noch untern Horizont – un nacher Karte darf der da garnich sein! Ich nochmal Position genommen, ganz genau, zusammen mit meinen Chief Mate. Un wie wir fertig sind, steht der Leuchtturm nich mehr da.«
Erika hatte wieder ihre spitze Stimme: »War woll'n Leuchtturm für Unterseeboote, was?«
»Was ich dir sag: der Leuchtturm war nich mehr da, der stand nu 'ne halbe Meile weiter backbord! Wir nochmal nachgemessen – da war er wieder 'ne halbe Meile ausgewandert!«
»Das gib's doch nich!«
»Hab ich auch gesagt! 'n Leuchtturm, der ins Wasser man so durche Gegend krault, sonen Leuchtturm gib's nich! Den hat das nich zu geben! Das is ja abslut nich nache Seegesetze! – Na, ich denn Order gegeben: Kurs ändern auf den verrückten Turm zu, büschen nach Backbord vorhalten, un denn volle Kraft! Das wollt ich doch wissen, wo der verdrehte Turm herkommt! Wir also voll drauf zu – bei kleinen kömmt auch der Fuß von den Leuchtturm übere Kimm un – du, da hat der Leuchtturm waraftig geschwommen!«
»Hör auf, Menschenskind!«
Der Käppen bettelte beinah mitter Stimme: »Ich sag dir, das war so! Da hatten sie doch in Finnland den Leuchtturm auf 'ner Werft gebaut – un der sollte nu woll einerwegens vore schwedische Schärenküste hingesetzt wern. Un'n schwedischen Schlepper hatte den Turm

auf'n Haken, war damit unnerwegs un zog ihn nu ganz sinnig übern Busen – also übern Finnischen Meerbusen nach Schweden rüber. Von weiten konnten wir den Leuchtturm oben woll sehn, man bloß den Schlepper nich, indem der achtern Horizont nich rauskam. Un davon denn der apartige Leuchtturm, der so sinnig übere See gewandert is.«

Mit zusammengekniffene Augen un dünne Lippen gnurschte Erika: »Gerd, du kannst lügen, ohne dasse dabei rot wirst! – Man aufer annern Seite – hätt ja woll rein sein können ... Nu sag mal ganz ehrlich: is die Geschichte von den Turm nu wahr – oder isse das nich?«

Da kratzte Käppen Möhlenbeck sich tiefsinnig achter seine Ohren, sah seine Schwester treuherzig inne Augen un meinte mit langsame Stimme: »Tja, Eka, das kannst garnich mal so auf'n Stutz sagen. Süh, wahr is sie woll – ich mein, ganz so wahr amenn nich – aber meist doch – un könnt ja doch auch rein so passiert sein – hast ja selbst gesagt ...

Paß auf, Eka, ich will das mal so sagen: wenn sowas nich ganz wahr is, abersten doch wahr sein könnt, denn isses ja eigens auch nich würklich gelogen. Oder annersrum: wenn sowas wahr sein könnt, aber da doch büschen bei geflunkert is, denn is das ja nich richtig gelogen! Aberst es is eben auch nich richtig wahr, un denn liegt das mitter Wahrheit oder nich so mitten zwüschen. Der Mittelweg aberst, Eka, der is ümmer an'n besten. So heißt das schon inne altdeutschen Sprüchwörters. Un die, Eka, die sin ümmer wahr!«

Übern Stammtisch in'n »Schienfatt« hingen sone dikken Wolken, daß ein Angst haben konnt, da kommen Blitze raus. Käppen Möhlenbeck hatte all paar Geschichten von'n Munde gegeben, daß Hagedorn un Behrens knapp zun Trinken gekommen warn. Nu kuckte er Enno Behrens ganz scharf inne Pupillen un fragte ihm: »Weißt du überhaupt, Behrens, wo ich heut nacht von geträumt hab?«
Behrens gnurrte man: »Kann ich ja nich! Oder war ich da bei?«
»Nee, das nich«, gab Möhlenbeck zu, »du nich. Nee, ich hab von meine erste Seereise als Moses geträumt – von Bremen nache Staaten un nach Kanada – mitter ›Elisabeth Friedrich‹, was'n sonnerlich guter Dampfer war. Muß um neunzehnhunnertvierunzwanzig gewesen sein. Vorher hatt ich das Meer ja bloß mal von'n Bremer Domturm gesehn.«
Enno Behrens stoppte den Käppen: »Von'n Bremer Domturm kannst das Meer ja überhaupt nich sehn!«
Man Käppen Möhlenbeck griente bloß: »Da kannst sogar vier Meere von sehn! Morgens das Nebelmeer – zu Mittag das Häusermeer – an'n Abend das Lichtermeer – un bei Nacht garnix mehr!«
Da konnte Behrens bloß noch seine Ohren brassen: »Möhlenbeck, bei dir weiß ein waraftig nich, soller nu lachen oder weinen!«
»Lach man, Behrens«, sagte Möhlenbeck, »das hab ich damals auf meine erste Reise auch gemacht, als sie mich

mit meine vierzehn Jahre an Bord gleich zun Optiker gemacht haben. Ich mußt ja inner Kombüse jeden Vormittag die Kartoffeln die Augen ausstechen. Un all sone Sachen vergißt ein eben nich, so vonner ersten Reise. Un da träumt man denn eben auch woll von. So wie heut nacht. Was war das man alles lebendig in meinen Traum! Da hab ich doch glatt meinen ersten Unfall noch mal mitgemacht – mit den Hai.«

Enno war ümmer noch gnatschig: »Mit den weißen Hai, den Tigerhai oder den längsgestreiften Hai?«

Käppen Möhlenbeck aberst war nich ausser Ruhe zu kriegen: »Nee, dies war'n ganzen annern. Alten Menschenfresser vonner ganz gefährlichen Sorte! Wir lagen an'n Strand zu baden, un da kam der aufmal dicht ran un schwamm auf sone nette lütte Deern los, recht 'n Appetithappen. Son Hai hat ja ins Letzte auch seinen Geschmack ... Na, ich da nu ja zwüschen, schwimm den Hai ümmer so vor seine Schnauze rum, er wird ärgerlich, schnappt nach mir ... Der Hai hat ja'n Maul, da kann männigein Parteiboß nich mit! – Also ich lenk den Hai ab, ich war ja ins Schwümmen ümmer sehr gut, un die Deern klettert fix an Land. Der Hai aberst wischt sich das Maul, wie ein so sagt. Das hat ihn woll meist noch mehr geargert wie daß er mich nich kriegen konnt. Süh, un da dreht sich das Biest mitnmal auf'n Absatz um un haut mir seinen ollen harten Steert vor die Brust. Denn schwimmt er weg, un hat noch orrnlich veniensch nach mir hingegrient. Ich aberst, ich paddel an Land, mit sechs gebrochene Rippen krabbel ich auf'n Strand. Drei Wochen hab ich gelegen, jawoll!«

Enno hatte ümmer noch nich genug: »Das versteh ich aber nich, daß dich da keiner von'n Strand weggeholt un nach'n Krankenhaus gebracht hat.«
Da kuckte Möhlenbeck ihn mit alle durchdringende Schärfe an: »Sag mal, Behrens, du willst mich doch woll nich vore Brust stoßen, was?«
»Chott, das hatte der Hai denn woll all doll genug getan«, sagte Enno, so dröge als er nu mal is.
Möhlenbeck nickte: »Da hast du recht in ... Na ja, ich wollt eigens auch garnich von meinen Unfall reden. Ich mag das sowieso nich, wenne Leute vonne Krankheiten reden. Nee, eigens wollt ich euch was von den Niagarafall erzählen – drüben in Amerika. Nehmlich – an diesen Fall geht 'ne Brücke vonne Vereinigten Staaten rüber nach Kanada, indem dieser Fall eigens zwei Fälle is. Un da aufer Brücke, welche nu sozusagen internatschonal is, da kann der Mensch doll gut auf schmuggeln, kann ich euch sagen! Damals, als Moses, hatt ich ja keine Centen un erst recht keine Dollars – un da konnt ich denn mit'n paar Buddel Schluck schmuggeln so viel verdienen, daß ich paar Abende inne Kneipe sitzen konnt.«
Das verstand Hagedorn nich: »Denn hättst ja man den Schnaps, den du geschmuggelt hast, gleich selbst trinken können. Wär doch viel einfacher gewesen.«
Der Käppen sah ihn mit große, runde Augen an: »Den Schnaps ... Menschenskind, Hagedorn, da hab ich damals garnich an gedacht! Na ja, du bist eben Kaufmann. Soweit hast auch woll recht ... Aber – nee, du, da war auch sowas als sportlicher Ehrgeiz bei's Schmuggeln. Och ja, sportlicher Ehrgeiz – das is überhaupt sowas!

Den einen Tag hatte da son Seiltänzer oder Fassadenkletterer oder wie sone Artisten heißen, der hatte über den Fall 'n Draht rübergespannt, un da lief der auf seine eigenen, leibhaftigen Füße über längs! Bloß mit'n Regenschirm inner Hand!«
»Nackicht?« fragte Enno.
Möhlenbeck kuckte ihn mit'n kleinen Tadel an: »Nee, 'n Badeanzug hatter angehabt. Er hätt ja mal runterfallen können ins Wasser. Wobei ihm denn der Regenschirm auch noch büschen getragen hätt. So schlimm is das eigens garnich mal, da eben so rüberlaufen. Mußt bloß aufpassen, dasse nich runterfällst.«
Enno hatte seinen dwarsbüngeligen Tag: »Ich muß mich man wunnern, Möhlenbeck, daß du da nich eben selbst büschen auf den Draht übern Niagarafall spazieren gegangen bist.«
Da kratzte der Käppen sich in'n Genick: »Das – äh – nee, das is weiter eigens garkein Wunner is das nich – garnich, nee ... Ich hab ... Süh, Behrens, ich wollt das ja abslut tun! Wollt die Leute das mal so recht zeigen – aberst – ich wollt den ollen Schirm nich mitnehmen! Ich wollt da das volle Risiko bei haben – un'n Kerl läuft nu mal nich mit'n Regenschirm! Auch nich auf'n Drahtseil! 'n richtigen Kerl nich! – Aberst ich sollt vor Gewalt den Schirm mitnehmen. Na, ich bin denn bei meine Ansichten geblieben, un da hat die Gewerkschaft vonne Seiltänzer, – ich glaub, die heißt ›Mediengewerkschaft‹, – die hat das denn verboten. Un ich durft nich. Was'n Jammer war. Aber meine Ansichten laß ich mir auch vonne Gewerkschaften nich nehmen! Ich nich!«

Möhlenbeck kuckte streng inne Runde, aberst keiner sagte was. Da fing er wieder an: »Och ja, einen Tag, ehdaß wir wieder an Bord mußten, da war da noch'n ganz dolle Sache an'n Fall. Son Fakir kam da an, klein gälerigen Kerl aus Indien. So mit'n Handtuch umme Ohren als Eka das ümmer bein Duschen umhat. Fakire, wißt ihr woll, die sitzen ümmer so gern auf spitzige Nägels un glühnige Kohlen, was ich partuh nich möcht. Un der Fakir hatte'n großes Holzfaß bei sich, da hatte er von außen lauter neunzöllige Nägels reingeschlagen, so dasse innen rauskamen – nee, reinkamen – also: die Nägels waren mit ihre spitzigen Enden binnen ins Faß. Un in diesen Faß wollter nu sitzen gehn un damit den Wasserfall runterglitschen. Sie haben ihm denn ja auch den Deckel auf'n Kopf genagelt – also auf das Faß haben sie den genagelt. In'n Kopf hat auch woll son Fakir nich gern Neunzoll-Nägels. Un denn man hin nach'n Ufer!«

Hagedorn konnt da nich ganz mit: »Nu sag doch bloß, warum wollt der Kerl da vor lauter Gewalt runter? Das mitte Nägels kann ich mir noch vorstellen – da leben die ja von – un in'n Sitzen tut das vielleicht noch garnich mal so doll weh – aber denn da noch runter?«

Das konnt der Käppen ihm nu wieder ganz genau sagen: »Ja, das war so, Hagedorn: er wollt doch so gern in das Buch mitte Rekorde, weißt du, was der Bierbrauer Guinness in Irland drückt, welcher übrigens ganz dolles Bier macht. Das duhnt ganz fix, welches ich beglaubigen kann ... Also in das Buch von den, da wollt der Fakir rein. Un davon ließ sich der spiddelige Kerl denn

auch in'n Wasserfall schubsen mit sein Faß. Die Leute haben rundumzu ›Hip Hip Hurra!‹ geschrien – un denn marachte das Faß den Fall runter.«
Da piekte Enno Behrens den Finger hoch als wie inner Schule: »Wie hat dein Fakir da denn Luft in gekricht in das Faß, Möhlenbeck?«
Der Käppen mußte eben schlucken: »Luft ... Natürlich – ja – Luft mußte er kriegen. Hatter auch. Ischa ganz klar: son Faß hat Spundlöcher anne Seiten – un da kommt genug Luft durch. Er is auch soweit ganz gut runtergekommen – bloß in das Buch, da ließen sie ihm denn doch nich drücken. Nehmlich: das Faß wurd mit sone Wucht in den Wasserfall rumgeschmissen, daß der Fakir dadrin man ümmer so auf die spitzigen Nägels gedonnert is – von alle Seiten un von oben un unten, welches er in das dustre Faß aber ja nich unterscheiden konnt. Un bei all die Rumwölterei hatte er mit seine indischen Fakirmuskeln die neunzölligen Nägels in den Faß alle plattgebogen – un plattgebogene Nägels, haben sie bei Guinness gesagt, plattgebogene Nägels gilten für'n orrnlichen Fakir nich.«

MÖHLENBECK INNER STADT

Käppen Möhlenbeck war vier Tage bei seinen ollen Kollegen Käppen Brathering in Bremen gewesen. Denn war er wieder nach Hause gekommen, un seine Schwester Erika hatte sich doll gefreut, dasser wieder da war – un nu wollt sie wissen, wasser alles so belebt hatte: »Geh büschen sitzen, Gerd – un denn erzähl man eben, wie das so war – die vier Tage in Bremen.«

Möhlenbeck ließ sich sinnig auf'n Küchenstuhl sacken: »Och, das war allens ganz intressant so inner Stadt. Käppen Brathering hat sich auch bannig gefreut. Ischa meist zwei Jahr her, dasser mir gesehn hat. Un sowas freut einen denn ja.«

»Un hast diesmal mit keinen Menschen Streit gekricht? In'n Bus? Oder inne Straßenbahn?«

Klein büschen argerlich schüttköpfte der Käppen: »Was sollt ich woll?! Mitter Zeit wird der Mensch ja auch büschen sinniger ... Bloß – vielleicht – ja, mit den Gastwirt ...«

»Siehste! Hab ich mir doch gedacht! Das war natürlich 'n ganzen schlechten Kerl, nich?«

»Das war der auch!« gnurrte Möhlenbeck, »Brathering hat das gleich gesagt. Wohnt aber bei ihn anner Ecke, was ja auch wieder schön bequem is. Aber das issen Flunki, kann ich dir sagen! Is mal als Stewart gefahren! Kenn ich, die Sorte. So einen hab ich mal rausgeschmissen. In Boston. Frech un kiebig un grannig auch noch. Un in eine Tuhr stänkern gegen die Seefahrt.

Was soll nu sowas? Ich stänker ja auch nich gegen die Gastwirtschaften! Aber ich hab ihm kurzgemacht!«
»Gerd! Habt ihr euch gehaun?«
»Nee, so kurz auch wieder nich. Aberst ich hab'n Bier getrunken – 'n großes, indem das in'n ganzen billiger kömmt als zwei kleine. Na, ich hab denn gefragt, wasses kosten täte – un das kam zwei Mark sechzig. Ich aberst hatt mir lauter Groschen eingesteckt, un da hab ich 26 von genommen un se so über meine Schulter weg nach achtern in seinen Krug geschmissen, un denn hab ich Mahlzeit gesagt un fix raus.«
Erika war richtig empört: »Das hört sich nu aber wirklich nich, Gerd Möhlenbeck.«
»Das weiß ich alleine! Sünnerlich nich, weil ich das nehmlich neechsten Abend nochmal gemacht hab! Was meinst, was der Mensch beis zweite Mal erst vergrellt war. Un an'n dritten Tag wir wieder hin. Der Kerl kuckte sowas von tücksch, kannst dir garnich vorstellen. Man als ich mein großes Bier getrunken hatte, da hatt ich nich mehr genug Groschens inner Knipp. Das war nu argerlich. Mußt ich ihn'n Fünfmarkstück geben. Un was macht der Flunki da? Kassiert das ein, nimmt 24 Groschens aus seine Kasse, schmeißt die auch achter meine Person in seinen Krug un sagt: ›Zwei Mark vierzig zurück!‹«
Erika krichte sich meist nich wieder ein vor Lachen: »Das schad't dir garnix, Gerd Möhlenbeck! Das is prima! Jawoll! Da hast aber doof gekuckt, was?« Man ihr Bruder griente: »Ich garnich mal so doll. Der Wirtsmann eigentlich noch mehr.«

»Woso das denn?«
»Chott, ich hab ihn zwei Groschen aufe Theke gelegt un hab gesagt: ›Noch'n Bier!‹ Da hättst den erstmal sehn sollen! Un Brathering wär vor Lachen meist von seinen Hocker gesegelt. Die annern Gäste auch.«
Da sackte Erika in sich zusammen: »Das is doch nich zu sagen is das doch nich ... Ich weiß waraftig nich, is das nu Schlauheit oder ... Na ja ... Hast vielleicht noch mehr sone Spitakelstücke losgelassen? Oder war das sonst ruhiger?«
»Spiegelglatte See, Eka! Wir hatten ja auch so viel, was wir uns ganz nötig erzählen mußten, Brathering un ich. Von all die Jahre un früher. Das ging beis Frühstück all los.«
»So, das habt ihr denn doch gegessen?«
»Ja, westfälisches Frühstück hatter ümmer gemacht.«
Mit große Augen kuckte Erika ihren Bruder an: »Westfälisch? So ... Was hört da denn zu?«
»Ein Buddel Akkervit – 'n halben Kasten Bier – eine Mettwust – un'n Hund.«
»Ein Hund? Woso denn'n Hund?« Un Möhlenbeck sagte in totalen Ernst: »Einer muß ja die Wurst essen, Deern.«
Erika fegte hoch: »Nee doch! Also Gerd ...« Aber ihr Bruder drückte sie sinnig wieder auf ihren Stuhl un sinnierte weiter: »Bremer Frühstück hätten wir auch essen können, klar. Das sind zehn Flaschen Bier auf'n Mann, muß aber Pils sein. Das macht denn mitte Kalorien so viel aus als'n Frühstück mit Wurst un Keese, jüst

akkrat. Bloß wenn ein die zehn Flaschen Bier gefrühstückt hat, denn hatter ja noch nix getrunken! Nee, wir sind beis westfälische Frühstück geblieben, indem Brathering ja sowieso 'n Hund hat.«

»Aberst – Menschenskind, habt ihr denn nix gegessen?«

»Doch!« nickköpfte Möhlenbeck, »Das haben wir auch. Später. Beis zweite Frühstück, recht son fünf, sechs gekochte Eier. Die machen ja all was aus. Bloß dasse gleich den ersten Tag so doll hart waren.«

»Denn hat dein Brathering die zu lange gekocht!« sagte Erika. Aber ihr Bruder wiwakte mit seinen Kopf: »Amenn hätt ich auch vorher die Eierschalen abpellen können.«

Da kam Erika in großen Zorn: »Gerd Möhlenbeck! Wenn du ...!« Aber der Käppen begäuschte ihr: »Ich erzähl ja man bloß, was da war, Eka! Un das mitte harten Eier, das kam woll noch vons erste Frühstück. War büschen stramm gewesen, indem der Akkervit inner Literflasche ingesessen hatte. Aber wir haben denn ja auch bald Mittag gegessen. Pizza hatte Brathering gemacht. Sone Pappdeckels mit allerhand Gemüse un gehackten Molli auf. Beis Essen schämte ich mir aber büschen. Ich hatte vorher beis Händewaschen Brathering seine Positionsseife durchanner gekricht. Der hat nehmlich ümmer zwei Stücken Seife auf'n Handwaschbecken zu liegen: 'n rotes füre Backbordhand un'n grünes füre Steuerbordhand. Un da hat er recht in! Un fand ich gut. Brathering is da eigen mit. Chott ja, ollen gelernten Kaptän.«

»Bist du denn wenigstens zu deinen Mittagsschlaf gekommen?« wollt Erika nu wissen.
»Haben wir jeden Tag gemacht. Zusammen mit den Hund. Un der hat noch döller geschnarcht als wie Brathering.«
Erika winkte man ab: »Da bist du auch man mal gut in. Durch drei Stubentüren kann ein dich hören!«
»Sowas sagte Brathering auch.« gab Möhlenbeck zu. »Aberst was denn nachher kam, abends, da wurd das ganz schlimm.«
»Kann ich mir vorstellen! Bei den Flunki von Wirt anner Ecke.«
Dies mußte Möhlenbeck nu aber ablehnen. »Kein Stück, Eka! Nee, Brathering hatte in'n Radio gehört, inne Stadthalle sollten die vielen Harmoniker spielen. Und wir hatten all lang nich mehr son orrnlich flottes Akkordeon-Orschester gehört. Na, wir denn abends da nach zu, un war aasig teuer. Aberst da waren das noch nich mal keine Harmoniker! Kein einzigen hat aufe Handharmonika gespielt! Trompeten un Tuten hattense un all sone ollen Jüngelhölzer, sone Fiedeln. Welche davon warn größer als wie die Muskanten! Un was spielten sie? Anners nix als Opussen!«
Erika konnt das garnich fassen: »Nee doch! Was sagst du? Bloß Opussen?«
»Jawoll! Nee, töw eben. Ein Stück war von einen gewissen Knöchel oder so ... Wir warn vielleicht inne Braß!«
Das konnt Erika sich nu ja best vorstellen – un Käppen Möhlenbeck mocht garnich mehr an denken, so schu-

derte es ihm dabei. Er sagte man noch mit leidende Stimme: »Da will ein recht son büschen feine Kunst hörn, un denn krichter sowas! Opussen! – Na ja, wir denn gleich nach'n ersten Stück wieder raus – un süh, da hattense in'n Restorang denn'n ganzen feinen, eiskalten Akkervit, aus Norwegen! Un somit war denn ja der Abend doch nich ganz inne Mors!«

GLÜCK AUFER JAGD

In'n Vareler »Schienfatt« war wieder mal orrnlich Betrieb. Die Luft übern Stammtisch war schon büschen dunkelblau. Möhlenbeck hatte Behrens auf Touren gebracht, indem der bloß'n Steuermannspatent hatte. Der junge Hollje stand an'n Nebentisch, inner Hand 'ne Kumme mit Frau Hollje ihre braune Soße, die ein gut auch ohne Kartoffeln essen kann. Der eigentliche Hollje, als Möhlenbeck ihn nannte un welches der Gastwirt is, machte grade 'ne Flasche Rotwein auf, von den guten Bordauks mit den langen Proppen, von Segnitz aus Bremen.

An'n Stammtisch unter der alten Petroljumlampe aberst, da war Hagedorn heut nu mal der Held inne Bottermelk. Der kam ümmer döller ins Erzählen – Möhlenbeck wurde rein ungeduldig, indem er schon'n ganze Zeit zuhörn mußte. Hagedorn war nehmlich ganz in Nordschweden gewesen, mitten zwüschenne Lappen. Die hätten all sone bunten läppischen Kleider angehabt, un die Luft wär ganz sauber gewesen, un er wär mit'n Bus in'n Berg reingefahren, der ganz un gar aus Eisen war. Das glaubte Möhlenbeck nich, indem er sülben noch nie nich in son Berg ingewesen war, un so sagte er, das wär Seemannsgarn. Hagedorn hatte aberst'n Prospekt mitgebracht, wo er ümmer »Respekt« zu sagte, un da stand das mit den Eisenberg in. Da glaubte Möhlenbeck das ümmer noch nich – aber es konnt ihn doch so bannig argern, daß er büschen veniensch fragte: »Warst du da nich zu Jagd, Hagedorn?« Der rutschte büschen

hin un her un kuckte den Käppen nich so recht an, sagte man: »Ja – doch – das woll ... Aber – da is weiter garnich so viel zu jagen – da hattense man wenig Elche dies Jahr – un – och, ich wollt eigens auch garnich mal so sehr ...«
Möhlenbeck aberst fragte noch venienscher: »Ich hab man gehört, du hättst den einen Bauern seine Ziege totgeschossen?« Nu wurd Hagedorn argerlich: »Das wär dir auch passiert, Möhlenbeck! Die war braun als wie son Reh, die hatte Hörner als wie son Reh, un ...!« – »Un die blieb auch so schön stehn, indem dasse fest vertäut war!« grinste Steuermann Behrens. Der Zahnarzt von'n Markt, der war nehmlich mitgewesen, un der hatte geplifft. Das war Hagedorn nu so peinlich, daß er fix paar Runden ausgeben tat.
Behrens aber blieb doch noch büschen bei der Jägerei. »Ich hab mal«, saß er zu sinnieren, »ich hab mal sone Jagd mitgemacht, bei son großen Rittergutsbesitzer, war ich gut mit befreundet. Da ging das gegen die Füchse, indem die Leute da schon Bange hatten um ihre Wasserhähne, so frech warn die Biester von Füchse. Na, ich stand so mit meine Flinte an'n Baum, doll angespannt mit volle Erwartung ...«
»Kann ein sich leicht 'n Ramm in'n Bein bei holen, Behrens!« bölkte Möhlenbeck dazwischen, un Behrens kuckte ihm giftig an. Aber denn red'te er weiter: »Aufmal seh ich drüben achtere Sträucher doch was Rotes längsfegen, ich drück ab – un was hab ich?«
»Vorbeigeschossen!« örgelte der Käppen. Aber Beh-

rens saß bis anne Ohren voll Triumph: »Nich, Möhlenbeck! Ganz genau hatt ich den Fuchs einen verpaßt. Der schlug man so Koppheister! Halali! sagte ich un ging rüber – un da war ich vielleicht erst platt! Der Fuchs war hin, dascha klar. Aberst er hatte in seinen Schnabel ...«

»Maul heißt das bei'n Fuchs, Behrens!«

»Das is mir total egal!« rief Behrens mit laute Stimme. »In seine Schnauze hatte der Fuchs 'n Fasan in. Den hatte er grade totgebissen gehabt. Un den hatte ich nu auch! 'n Fuchs un'n Fasan! Un das auf einmal! So wird gejagt, Möhlenbeck! Na, was sagst nu?«

Hagedorn kuckte Behrens an als wie son lüttje Deern den Weihnachtsmann, un Behrens krichte richtig'n dicke Brust vor Stolz. Möhlenbeck aberst zog paarmal an seine Pfeife, daß sie losröcheln tat – denn kuckte er Behrens scharf an un sagte: »Das is nix, Behrens! Garnix! Ich war mal aufer Jagd bein König von Dänemark, welcher in'n Augenblick ja 'ne Königin is. Aberst damals war das Frederick, – der Neunte oder Zwölfte oder so ... Weiß ich nich mehr, wir haben uns ja mitte Vornamen angered't. Un die Jagd war aufer Insel Fünen. Frederick hatte mir die Stelle gezeigt, wo ümmer son ganz strammen Rehbock rauskam aus'n Wald. Ich sollt ihm schießen, indem dasses 'n Ehrenbock war. Na, Frederick wußt ja, daß ich'n ganzen barbarsch guten Schützen bin. Somit gab er mir man eine einzige Kugel, er hatte sülben auch nich viele den Tag. Na, ich stand denn ja da zu warten – der dummerhaftige Rehbock wollt aber nich kommen, un das wurd bei kleinen duster. Ich war vergrellt – un neben mir, da war son kleinen Teich, wo vier Enten auf schwammen, nebeneinanner, inner alten Gefechtslinie. Na, dacht ich, was ich woll sone Ente mit meine Kugel treff? Ich leg an un schieß los. Un hab ich da nich alle vier Enten durch'n Kopp geschossen? Indem sie genau nebenanner geschwommen warn? Da kam Frederick nu über zu, der hatte das knallen hörn, un sein Hund, 'n dänische Dogge, der sollt die Enten aus'n Wasser holen. Der Köter is aber dwars über den Teich geschwommen – un was war da? Aufer annern Seite von den Teich, da hatte der olle Rehbock sich büschen hingelegt gehabt zu ausruhn – un den hatt ich nu doch noch getroffen, mitter Entenkugel, nachdem se durche Entenköppe durchgewesen war. Auf'n Blatt hatt ich den Rehbock geschossen. Un hatt das Blatt nich mal gesehn! Na, un der Rehbock, der hatte woll bei's Totgehn noch mitte Hörner gewackelt, un da hatte er denn'n kleines Wildschwein bei totgestochen. Un das alles mit eine Kugel! Vier Enten, Rehbock un Wildschwein! Jawoll, Behrens, Frederick hat jüst sone Spiegeleieraugen gemacht als wie du nu! Nehmlich so muß ein jagen, wenn das was sein soll!«

Behrens war die ganze Zeit erst ümmer büschen was blasser geworden, un denn ümmer büschen was grüner, auch inne Augen. Nu aber hatte er'n ganzen roten Kopp, un die grimmigste Vergrelligkeit lag um seine Nase. Er nahm seinen Arm hoch un haute vor lauter rote Wut auf'n Stammtisch, daß sich die Platte da meist bei durchbog. Möhlenbeck aberst nahm seinen Bierkrug hoch, un Hagedorn bewunnerte nu ihm. Behrens sackte mit'n leises Stöhnen in sich zusammen – un Gastwirt Hollje kam mitter neechsten Lage.

GERECHTIGKEIT

Erika Möhlenbeck hatte grade ihre Liste für Kaufmann Jung aufgeschrieben, was sie bei den alles zu essen kaufen wollt. Da fiel ihr was bei ein, was sie all lange mal wissen wollt. Sie packte den Bleisticken un die Zettels auf'n Küchentisch un fragte ihren Bruder: »Gerd, du warst nu ja wieder nach Schweden zu Ole Olsen besuchen. Un in den Prospekt vonner Reederei, da hattense 'n Bild in von son skandinavisches Büffet – den langen Tisch mit all sone feinen Sachen. Is das würklich so doll?«

Möhlenbeck mußt da erst über nachdenken un sagte denn: »Tja, Eka, ich hab das ja annerweilen all gesagt, Masse Leute sind da rein wild auf. Aberst ich nich! Ich mag sone olle Esserei nich. Ich mag auch keine Semmels essen, wo se alle schon an rumgegrabbelt haben – un keine Eiers, die schon blau sind ins Gelbe. Un denn das olle Gerenn nach'n Büffet hin un denn wieder an deinen Tisch! Rennen – schlucken – rennen – schlucken ... nee, das is nix für Gerd Möhlenbeck!«

»Aber dasse guten Sachen da man so auf'n Tisch rumliegen un ein sich da best in reinessen kann, das is wahr?«

»Isses«, gab der Käppen zu, »un ich seh auch ümmer wieder Leute, die das machen. Die mit ihr größtes innerliches Vergnügen viermal un auch fünfmal hingehn nach den Büffet un die Sachen wegstaun, daß ein sich bloß wunnern muß, was son Mensch lassen kann – sogar wenn er männigmal auch man was dünndarwig is.«

»Chott, ich kann mir aber woll denken, dasse Obers sich freun, wenn ihre Gäste das so recht schmeckt«, meinte Erika dazu.

»Das tun se, Eka, das is wahr. Aber anners wieder sind se vergrellt, wenn welche Leute beigehn un so ganz slupsteerts alles einpacken un mitnehmen, wasse man langen un beikantbringen können.«

»Ümmer noch, Gerd? Das sagen se doch schon jahrelang un schreiben das auch inne Zeitung, daß jederein sich woll den Magen vollhaun soll – aber nix einpakken. Indem das klauen is.«

Möhlenbeck haute man mitter Hand durche Luft: »Das sagen se auch in'n Radio! Un doch siehst das ümmer wieder. Ich hab letztmal erst wieder'n Fraunsmensch – ja, ich muß meist all sagen: bewunnert! Weil se – ja weil se so fein geklaut hat! Ich kann dir sagen, Eka: die packte bei's Frühstück ümmer eine Scheibe Wurst un Keese nacher annern in ihren Borreebüdel, in ihre Handtasche – un so raffiniert! Die ließ auch Brot un Butter ümmer man so übern Tischrand weg nach unten in ihre Tasche glitschen, – die hatte sie auf'n Schoß. Un hat keiner gemerkt! Was meinst, was die für fixe Finger hatte! Ich glaub meist, die übt sowas in'n Supermarkt. Als sie denn orrnlich satt war, gegessen hat se auch noch für drei, da ging sie mit ihr freundlichstes Gesicht nach draußen – un mit 'ne Handtasche, die nu jüst son dicken Bauch hatte als sie sülben. Die Olsch hatte für den Tag genug zu essen.«

Erika konnte man bloß ihren Kopf schütteln: »Das is

ja – weißt du, Gerd, das is ja eigens all mehr als ausverschämt.«
Da war ihr Bruder eins mit ihr in: »Is das für wiß, Eka. Aber son Flunki – nee, töw eben, wie heißt Flunki denn nu, wenn er 'ne Frau is? Flunkine ... Na, is egal – ich mein man, die war noch ümmer niche schlimmste. Nee, an einen annern Tisch saß 'ne Frau, die war vollgehängt mit güllne un blänkerne Klunkers, un alles an ihr echt Leder un teuer – die Perücke woll auch, obschonst du sehn konntst, es war eine! Ich will mal so sagen: sie stank von Geld durch'n ganzen Salon – un jederein konnt es riechen! Un die hat nich bloß fürs Mittagessen, nee, die hat auch fürn Abendbrot gleich beis Frühstück zun besten mit vorgesorgt. Un war noch viel frecher als wie die annere – sie war woll aus guten Hause. Die hat nu aber auch allens eingepackt, wasse gern mocht. Man dabei aß sie – mampfte – nee, Eka, sie fraß alles in sich rein, was man gut un teuer war – un hat sich kein klein büschen bei geschämt. Un hatte Geld so lang wie Strandhafer! Du hättst ihr sehn sollen, Eka! Wenn se denn die neechsten Stücken Lachs un Räucheraal inne Krokodiltasche schieben tat, dennso bimmelten da ihre goldenen Armbänders bei. Ich hab hinkucken müssen, als wenn se mir gebannt hätten. Un als die Olsch denn nachher durche Kasse rausging un der Stewart kuckte jüst nacher annern Seite, da legte sie fix noch büschen Tempo zu – un hat nichmal ihre Essenkarte abgegeben, wie man das muß an Bord. Das Geld hatte se auch noch gespart!«
Da krichte Erika rein das Schudern: »Ihgitt, Gerd!

Also – wenn ich das gesehn hätt – ich hätt mich für die Olsch geschämt!«
Mit dustre Stimme sagte der Käppen: »Ich hab es getan, Eka – aber das hätt ihr für wiß nix ausgemacht.«
»Kann ich mir garnich vorstellen sowas ... Aber, Gerd, sag mal: sind das nu ümmer bloß Frauen, die so einpakken?«
Da mußte ihr Bruder über nachdenken: »Ich hab da bloß ümmer Frauen bei gesehn. Männer sind da woll zu dumm für. Oder zu ehrlich. Aber das is ja heut meist dasselbe ... Na ja, aufer Rückfahrt hab ich denn aber was belebt, das hat die Welt wieder grade gemacht! Ich saß an'n letzten Abend noch inner Bar von den Dampfer ...«
»Süh, da hab ich mich all die ganze Zeit über gewunnert, daß du heut überhaupt noch nix von Bier un Schluck gesagt hast!«
»Erika Möhlenbeck! Willst du dich nu bei son gutes Gespräch doch noch mit mir verzürnen?!«
»Nee, nee, Gerd! Hast ja recht. Erzähl man weiter.«
Da war der Käppen wieder zufrieden: »Also – ich kam mit den Barkeeper ins Schnacken. Wir kannten uns all vonner Hinreise ... Eka, sag nu nix! ... Un der Barkeeper, der lachte ümmer so in sich rein. Denn erzählte er, eine von seine Kolleginnen wär an den Abend rein die Galle übergelaufen. Die hatte an einen von ihre Tische sone Gnägel-Olsch zu sitzen, die an alles rumnörgeln muß ...«
»Sone als wie die von schreeg gegenüber, was?«
»Wird das woll gewesen sein, so eine«, meinte Möhlen-

beck. Un die meckerte nu an alles was rum. Die Kellnerin lief ihr nich fix genug, der Kaffe war ihr nich heiß genug – hat ihm sogar zurückgeschickt! Anne Gabel war'n Fleck an, auf'n Tischtuch warn Krümels … Die arme Deern, die ihr bedienen mußte, die konnt sich man knapp noch ruhig halten. Un denn sah die Deern, wie die Olsch ihren Vogelkopp nach alle Seiten drehn tat un fing an un packte ganz stillkens ein. Plastiktüten hatte sie satt bei sich – un war sünnerlich scharf auf Fleisch. Son kleine anderthalb Pfund hat se davon in ihre große kunstlederne Tasche reingestaut. Un als die Olsch alle Luken voll hatte, da hatse mit'n gnitteriges Gesicht eine Mark fünfunachzig für den Kaffe bezahlt, kein Pfennig mehr – un dabei hatse denn noch auf die Deern geschümpft, indem die ihr nich mit den rechten Respekt bedient hatte.«
»Mensch, die hätt ich …«
»Bezähm dir noch'n klein Momang, Eka! Die Olsch hat alles gekricht, wasse haben mußte! Die alte Fregatte kam von'n Stuhl hoch un segelte nacher Tür. Da aberst kam die lüttje Kellnerin achter ihr her, knallroten Kopp vor Wut un Raasch – un inner Hand 'ne große Soßenkumme. Sie hielt die olle Gaffelzange an, machte fix die große Tasche von ihr auf un sagte: ›Sie haben die Soße für das Fleisch vergessen, Madam!‹ Dabei aberst hat sie ihr die ganze heiße Bratensoße in dic kunstlederne Tasche gegossen!«
Erika war da rein begeistert über: »Das is gut, Gerd! Das kann ich verstehn! Un da hatte die Deern auch recht in!«

Der Käppen griente: »Sagten die Leute umzu auch, un haben gelacht als die Wilden. Un inne Hände haben se geklatscht als inne Niederdeutsche Bühne ins Allee-Hotel. Die Deern zog ab un dampfte ümmer noch son büschen vor lauter Vergrelligkeit – die Olsch aber, die stand da als son begossen Pudel un dampfte aus ihre große Tasche, vonwegen die Bratensoße.«

»Un hat sich denn ja woll hoffentlich nich wieder sehn lassen?«

»Jüst akkrat so war das, Eka. Un als der Barkeeper denn diese feine Geschichte von seinen Munde gegeben hatte, da smustergriente er wieder über seinen ganzen Gesichte. Un ich hab bei ihm 'n Whisky für die Deern bestellt – un da war das all die achtzehnte Bestellung, die er für ihr auf seinen Block hatte. Wir beiden aberst, der Barkeeper, – welcher denn später noch Günther hieß, – un ich, wir beiden haben noch männigeinen strammen Schluck getrunken – auf die vergrellte lütte Deern mit den großen heißen Soßenpott!«

Erika Möhlenbeck hatte richtige Kinneraugen! Sie legte das Abendblatt aufe Nähmaschine, fein inner Mitte gefaltet, un staunte so recht vor sich hin: »Gerd, wie kann sowas angehn?! Da habense'n Walfisch gesehn, der war über dreißig Meter lang! In'n – wart eben – ja, in'n Südatlantik!«

Da hatte ihr Bruder nu ja beste Kenntnisse: »Eka, da unten gibt das noch viel größere! Das is noch garnix, dreißig Meter. In'n Nordatlantik, da gibt das ja auch ganz schöne große, aber in'n Südatlantik, ja, das sind ganz dolle Biester da unten!«

Das konnt Erika nich verstehn: »Wieso sind die denn in'n Südatlantik größer, Gerd?« Un da krichte sie 'ne echte Fachantwort auf: »Das is ümmer so, wenn ein nach'n Süden kömmt. Das kannst ja auch anne Palmen sehn un anne Appelsinenbäume. Was sind das bei uns man für murchlige Dinger – ischa mehr Strauchwerk. Un weiter nach'n Süden zu wern se ümmer größer un sitzen Kokosnüsse an un Appelsinen, die ein essen kann. Un bei de Tintenfische! Die lüttjen Dinger, die wir hier oben haben – un nach unten hin denn die gräsigen Biester mit zehn Meter lange Arme. Ich hab mal dicht bei de Lakkediven ...«

Erika hob beide Hände hoch: »Ja, den Kraken kenn ich nu bei kleinen, Gerd! Wir warn bei de Walfische!«

Käppen Möhlenbeck ließ sich nich so gern stoppen, wenn er in Fahrt war – aber noch blieb er sinnig: »Na ja, bei de Wale is das auch so. Nach Süden hin, nach'n

Südatlantik zu, da wern se ümmer größer. Un da is uns mal ganz was Dolles passiert! Ich fuhr noch als Zweiter, aber nich mehr lange – da hat unser Alter 'ne Insel gesehn. Wir auch, versteht sich. Klein Berg inner Mitte, Dattelpalmen umzu, orrnlich 'n klein See aufer Backbordseite. Na, wir brauchten sowieso Frischwasser, krichten das Langboot runter, un vier Mann rein. Drüben anner Küste denn festgemacht un vier, fünf Fässer voll Wasser geholt, rein inne Boot, losgeworfen un zurück nach'n Schiff. Wir die Fässer hochgehievt – un der Alte hat geflucht als son Tartar – war das Salzwasser! Un mitnmal steigt auf der Insel drüben son Geysir hoch, son bannig großen Wasserstrahl als se die in Island haben – un denn sackt die Insel sutje weg, unter Wasser ... War das doch'n ekelhaft großen Wal gewesen!«

Erika kuckte ihn mit'n deutlichen Vorwurf an: »Gerd! 'n Walfisch mit Palmen auf!«

Da wurd der Käppen bei kleinen ungeduldig: »Ich hab dir doch nu all paarmal erzählt, nach'n Süden hin wird alles immer größer! Un die Palmen – tja – jawoll, kuck, als wir Sylvester den dicken Karpfen gehabt haben, da war auf den sein Puckel Moos un Algen auf! Un bei son südlichen Wal, da sind das denn Palmen un Kaktussen – eben weil das so weit nach Süden is! Un – war natürlich auch all'n älteres Tier ... Un denn is das ja nich bloß bei de Wale so mit sone Größe, Eka. Süh, ich hab dir doch annerletzt was vonne Raubfrösche erzählt, wo ich son Malesch mit gehabt hab un grad noch mal mit'n Leben von abgekommen bin.«

Was zögerig sagte Erika: »Ja, die warn mir damals all büschen groß!«
»Un ich sag dir, Eka, die gibt das noch paar Nummern größer! Un die bleiben dann ja nich bloß ins Wasser – da geht das ja noch mit'n Harpunieren, nach manche schmeißen se sogar mit Wasserbomben! – Nee, die kommen auch an Land! Aufe Salomon-Inseln sonnerlich! Wennse aufe Hinterbeine stehn, denn wern se leicht drei Meter groß. Un denn die ollen spitzen Reißzähne, als son Haigebiß. Aber schmecken tun se auch wieder – zuminnst wenn se erstmal tot sind. Un das müssen se, ehdaß ein se essen kann.«
Nu wollt Erika das genau wissen: »Un wie fangen die ... Sag mal, wie heißen die Leute da unten auf die Inseln, wie heißen die eigentlich?«
Möhlenbeck dachte laut nach: »Aufe ... Die – die heißen – Salomon heißen die, natürlich – allemann – is doch klar. Müssense ja, auf'n Salomon-Inseln. Da kommen unsre Salomons ins letzte auch alle her. Aberst da unten aufe Inseln, da sind se numeriert, so als bei uns die Autos. Nee, die kennt ein soweit ganz gut ausnanner. Wenn das auch bei de Fraun ... Da isses ja ümmer bannig heiß, Eka, un davon haben sie nich allzuviel an. Son büschen Baumwolle umme Nieren – aberst auch nich ümmer! Nee ...«
Erika tickte mit'n Finger auf'n Tisch: »Gerd Möhlenbeck, du wolltst erzählen, wie die Salomons die großen Frösche fangen!«
»Ja«, nickte ihr Bruder mit seinen dicken Kopf, »da sind die Salomons richtig clever in. Nehmlich die wis-

sen, daß sone Raubfrösche große Verwandte sind vonne Laubfrösche. Ischa man ein Buchstabe, wo se anners in sind – un inne Größe eben. Un wenn nu 'n Frosch aus diese Familie 'ne Leiter sieht, denn willer da rauf und wird ganz zahm bei. Davon fahrn die Salomons denn 'ne Feuerwehrleiter aus, – die habense vonner Entwicklungshilfe, – un oben anne Leiter kommt die Höhensonne vons salomonische Krankenhaus, – auch vonner Entwicklungshilfe. Süh, un der Frosch, der klettert nu ümmer höher un höher un kuckt ümmerzu nacher Höhensonne rauf, weil er ja eigens'n Laubfrosch is. Un wenner denn ganz oben is un ümmer noch nach oben kuckt, denn is aber ja die Leiter zu Ende, un der Frosch, der stürzt ab un bricht sich'n Hals. Unten nehmen die Frosch-Schlachters ihm denn auch gleich ausnanner un salzen ihm ein, dasse Filettsteeks von den Frosch inner Tropenhitze nich schlecht wern. Un sind reinweg'n Genuß, sone Steeks, sonnerlich mit junges Bambusgemüse.«

So ganz konnt Erika das alles nich glauben: »Ich weiß nich, Gerd, ich denk meist, du hast heut'n ganz sünnerlich apatigen Tag.«

Aber ihr Bruder kam kein büschen von seinen Kurs ab: »Du glaubst ja garnich, Eka, was das alles auf diese Welt gibt! Vor allen aufe südliche Halbkugel. Un grade aufe Salomon-Inseln! Was ich da allens mitgemacht hab! Die haben ja kein Metall da unten – sind wild auf son Taschenmesser als der Deubel aufe arme Seele! Aber wennse denn auch kein Eisen haben, Krieg müssense natürlich doch gegenanner machen. Das liegt woll so

inne menschliche Natur. Un da haben se denn Kanonen für, die sind aus Leder! Aus Kaninchenfelle! Die großen Kanonen machen se ausse Felle vonne Blauen Riesen. Kannst natürlich nich weit schießen mit sone Lederkanonen, aberst dafür umme Ecke. Un denn sind die Feinde natürlich ümmer orrnlich erstaunt.«
»Das wär ich denn auch woll.«
»Un denn erst aufe Malediven!« bölkte Möhlenbeck, un seine Schwester kam von ihren Stuhl hoch: »Nu fang nich wieder von deinen karierten Haifisch an!«
»Nee, nee!« wehrte der Käppen sich. »Aber – abgericht'te Seehunde und Delphine hab ich da gesehn! Machen die Amis ja auch, sowas. Aber die vonne Malediven, die machen rejelle Besorgungen! Einkaufen tun se! Bananen un Tempo-Taschentücher un Margerine. Un Briefe bringen se weg, in Liebesbriefe sind se ganz groß in. Un das Muschelgeld schlurren se nacher Bank, is ja schwer, son Zeug, sonnerlich inne großen Beträge. Un denn wern se auch als Kurier benutzt – sogar von'n Sultan. Den seine Delphine sind denn aber natürlich weiß, so als die Elefanten bei de Maharadschas in Indien. Un'n goldenes Halsband habense um, mit'n Namen eingraviert auf malediverisch. Tja, du, da is was los, was das angeht!«
Da lehnte Erika sich ganz weit vornüber un sagte bannig deutlich: »Ich weiß garnich mal, Gerd, bis nache Mallen Diwen brauchst für sowas eigens garnich fahrn. Der Mann von meine Kegelschwester Herta, der hat sogar'n Hauslachs!«
Möhlenbeck war bedonnert: »Was hat der?!«

Erika kuckte Möhlenbeck lange an, als sone Kreuzotter die Feldmaus. Dann aber machte sie ihren Mund auf un kanzelte ihren Bruder ab: »Der Mann von meine Kegelschwester Herta hat'n zahmen Lachs! Un wenn du mit den redest, denn wackelt der mitte Flossen so wie dein Kapitän Brathering mitte Ohren! Mit'n Schwanz macht er auch was, hab ich vergessen, muß ich noch mal nach fragen. Un mitte Augen kann er rollen, nach beide Seiten. Jüst so als du das nu tust! Un Bier trinkt er, auch so als wie du! Aber ja nich unter'n halben Liter. Für Bier steckt er sogar den Kopf aus'n Aquarium raus, daß er man an das Bierglas rankommt! Un wenn er son rechten Durst hat, dann macht er Kopfstand mang die Algen! Un denn kricht er Akkervit, bis er blau anläuft un dummerhaftige Lieder singt! Un davon hat Herta ihr Mann ihn ›Gerd‹ getauft! So!!«

HAIE UN AKKERVIT

Käppen Möhlenbeck hatte es den einen Tag ganz sünnerlich mitter Reinlichkeit. Er war nu bei seine Fingernägels. Erika kuckte zu, un ihr stand der Schwitz man so vorn Vorkopp. Denn hielt sie es nich mehr aus: »Gerd, nu mach einen doch nich verrückt mit dein gräsiges Taschenmesser! Das gibt ja woll Scheren genug zun Fingernägelabschneiden!«
Möhlenbeck ließ sich nich stören: »Daß du da ümmer wieder mit anfängst! Das mach ich nu doch all sechzig Jahre mit mein Taschenmesser! So gut geht das mitter Schere überhaupt nich!«
»Aberst das sieht aus wie – als wenne dir da noch mal die Finger bei abschneidst!«
Ihr Bruder kuckte garnich hoch: »Sowas passiert bloß Funkoffziere.«
»Was soll das nu wieder heißen? Finger ab? Funkoffziere?«
»Jawoll«, nickköpfte der Käppen, »ich hatte mal einen, aufer ›Gisela Wilkens‹. War'n feiner Dampfer, das is wahr. Gut zu regieren, weich in'n Ruder un'n schnittigen Riß ... Na ja, un der Funkoffzier aufer ›Gisela Wilkens‹, der las ümmer so viel inne Bücher – sonnerlich Krimis mit Mord un Totschlag. Aberst auch sonst. Gonghofer un Beethofer – nee, das war ja woll'n Muskant – aber all sone klassischen Bücher auch. Wenn der man jichtens Zeit hatte, denn hing er mitter Nase in'n Buch. Ganz viel Jerry Cotton auch, ja ... Un wenner keine Bücher mehr in'n Schapp hatte, denn kam er aufe

Brücke un hat das ganze Segelhandbuch vonner Karibik von vorn bis achtern durchgelesen, obschonst er da rein garnix von verstehn tat! Mal isser sogar nach unten in'n Store gegangen un hat die Etiketten aufe Konservendosen ümmer so nachnanner weggelesen – dabei warn das meistens dieselben. So verrückt war der nach'n Lesen!«

Erika kam da nu endlich mal zwüschen: »Was hat das nu aber mitte abben Finger zu tun?«

Ihr Bruder sah ihr freundlich an: »Das kömmt nu, Eka! Wenn nehmlich der Funkenpuster an'n Lesen war, denn konnt neben ihn die Welt untergehn, da krichte er nix von mit ...«

»Gerd Möhlenbeck, ich will nu wissen ...!«

»Wenn du man'n büschen Geduld haben tätst un büschen zuhören würdst, denn wärst da all lang achter! Paß auf: mal, inner Karibik, querab von San Domingo – da trieben wir mit'n Maschinenschaden, was für den Kaptän ümmer eklig is un für den Chief auch, weil er meist nich weiß, was kaputt is. Bloß für son Funker is es gut, indem der denn ja Zeit hat. Unser saß nu auf son Gummifloß un schwabberte damit was aufe Karibik rum zu Bücherlesen, obschonst das so heiß war, daß ihm sein Jerry Cotton meist aufbrennen tat.«

»Aha! Un da hatter sich'n Finger bei abgebrannt?«

Käppen Möhlenbeck kuckte seine Schwester mit leisen inneren Kopfschütteln an: »Nu wart doch eben! Die rechte Hand, die hatte er so außenbords ins Wasser zu hängen. Is ja ümmer angenehm sowas. Bloß inner Karibik nich, indem das da so viele Haie gibt. Un kömmt auch richtig son Biest an, mitter Rückenflosse raus, dreht sich rum, son Man-eater war das, un beißt doch den Funkenpuster mit einen Haps die vier Finger vonner rechten Hand ab! Un meinst, der Funker hat das gemerkt? Der war wieder so weit weg in sein Buch, der is da garnich achtergekommen. Erst als er denn umblättern wollt...«

Richtig empört kam Erika hoch: »Sag mal, du bist ja woll total ...!« Aber ihr Bruder blieb dabei: »Ehrlich wahr, Eka! Das kanner Mensch einfach nich! Bloß mit'n Daumen umblättern. Das geht nich! Da muß zuminnst noch ein Finger zu.«

Da wurde Erika giftig: »So – na, un denn haben se deinen Funker ja woll pangschoniert, was? Indem dasser denn ja nich mehr funken konnt.«

»Nee, Eka, nichmal! Da hatte der noch Glück. Da kam nehmlich jüst die Sache mit den Sprechfunk auf. Süh, un da braucht der Mensch ja keine Finger zu.«

»Gerd Möhlenbeck, du bist ...!«

Un ümmer noch blieb der Käppen in seine Ruhe: »Ich weiß es, Eka, du sagst es ja öfters mal. Aber ich, was ich bin, ich krieg da doch ümmer sone wehmütigen Gedanken bei, wenn ich an sone ekligen Unfälle denken muß. Bis in'n Magen zieht sowas runter, Eka! Nu auch. Un wenn ich das so in'n Magen krieg ...«

Mit der linken Hand winkte Erika ab: »Denn mußt du'n Akkervit haben, das weiß ich. Aberst nich inne Kirchzeit, Gerd. Das hört sich nich – un is sowieso noch zu früh.«

»So? Meinst das?«

»Das mein ich! Akkervit auf'n Sonntagmorgen ... Du, überhaupt, warum heißt son Akkervit eigens Akkervit? Da wollt ich annerletzt schon nach fragen. Das ischa doch'n apartigen Nam is das ja doch. Kömmt das amenn aus'n Lateinischen? Da kömmt ja viel her.«
Da krichte Möhlenbeck rein'n wissenschaftliches Gesicht: »Ja, ganze Masse, aberst Akkervit nich! Das is ja'n ganzen nördlichen Schluck. Un somit – tjä, nördlich – sag ich ja – un denn ... hm ...«
»Na, weißt woll nich, was? Sonst weißt doch ümmer allens!«
Auch da wurd ihr Bruder nich wild von. Er mußte weiter nachdenken: »Natürlich weiß ich das! Kuck – Akkervit – also – also das is nu ja'n Kartoffelschnaps ...«
»Ihgitt! Aus Kartoffeln machen se den?«
»Wenn das'n Kartoffelschnaps is, dennso machen se das woll ... Aberst der is dreimal gebrannt.«
»So wie du! Durchs Ohr!«
»So wie ...« Nu ging es den Käppen doch anne Nieren, »Erika, das will ich nich gehört haben. Benimm dir gefälligst!«
»Ja, ja«, gab sie nach, »is all gut – nu erzähl du mir man, woso son Akkervit so heißt wie der heißt.«
»Tja – der Akkervit ...«
»Ja.«
»Der is aus Kartoffeln.«
»Das weiß ich nu bei kleinen.«
»Un diese Kartoffeln ... da wird denn ja der Akkervit aus.«
»Hähä!« machte Erika. Un da ging ihr Bruder hoch:

»Hör auf mit dein dummerhaftiges Hähä! Diese Kartoffeln, die – die wachsen ja woll auf'n Acker, nich? Un davon heißt der Schluck denn Akkervit! So!«
Erika war platt: »Tja, das – das könnt direkt angehn ... Acker – ja ... Aberst wieso is da denn noch'n Vit achter den Acker?«
»Vit – vit ...« Der Käppen mußte wieder nachdenken: »Tjä – das is nu ja französch. Is woll mit den ollen Napoleon nach'n Norden gekommen. Nach Aalborg. Da machen se nehmlich 'n doll guten Akkervit.«
»Un was heißt vit auf deutsch?«
Möhlenbeck zog die Schultern büschen hoch: »Vit heißt – wart eben – ja, schnell heißt das, fix! Un vit-vit, das heißt denn natürlich fix-fix.«
Aber Erika hatte ihn inner Kniep: »Un was hat das mit den Schnaps zu tun?« Süh, un da krichte Käppen Möhlenbeck in'n letzten Momang die Kurve un trompetete inne Küche: »Das is – Akkervit ... Ja, das is – äh, wegen die Schnelligkeit is das ... Kuck, die Kartoffeln für den Akkervit, die müssen ümmer ganz fix raus ausse Erde, sonst verfaulen se, un denn gibt das ja nie nich keinen guten Schluck. Un weil die eben so fix, so vit aussen Acker kommen, davon heißt der Schnaps denn Akkervit!«